ハーレクイン文庫

愛の空白

シャーロット・ラム

大沢　晶 訳

HARLEQUIN
BUNKO

SLEEPING DESIRE

by Charlotte Lamb

Published by Harlequin Japan, a Division of K.K. HarperCollins Japan, 2022

愛の空白

◆主要登場人物

セアラ・スティーヴンソン……………コピーライター。
ジョン・カルスロップ……………セアラの父。
モリー・カルスロップ……………セアラの母。
アレックス・スティーヴンソン……セアラの夫。映画監督。
マドリーン・ベントリー……………アレックスの秘書。
レナード・ジョナス…………………映画会社社長。通称ＬＪ。

1

「私、何がなんでも夫を厄介払いしたいの。手っ取り早く、頭に銃弾を撃ち込んでやろうかしら！」

周囲をはばからぬ高い声に、レストラン中の顔という顔が目を皿のようにしていっせいにセアラを見つめた。もっとも、当のセアラは怒りにかまけて気づきもせず、彼女の連れだけが人々の視線を気にして居心地悪そうに顔を赤らめた。

「場所柄を考えてくれよ」と、ピーター・マロリーは早口の小声でたしなめ、とたんに口をとがらしたセアラの機先を制して言い添えた。「そんなに気をもまなくても、いずれ離婚は成立するさ。君の側に非がない以上、スティーヴンソンに何ができるって言うんだ？」

「現に、こうやって引き延ばし作戦に出ているわ。私の弁護士から何度となく連絡や照会の手紙が届いているはずなのに、一度だって返事をよこさないじゃないの。今後も、ありとあらゆる手でいやがらせをしてくるに違いないわ。他人を困らせることに快感を覚える異常性格者なのよね。あんな男、早めに殺してしまったほうが世のため人のためだわ!」

「とにかく、まず夕食を済ませてしまおう」ピーターは周囲が聞き耳を立てているのを意識して熱心に勧めたが、セアラは目の前に置かれた舌平目をおぞましそうに見つめ、かぶりを振りながら皿を遠くへ押しやった。その皿を、ピーターが慌ててのぞき込む。「どうした? 何か皿に妙なものでも……」

「食べる気がしなくなったのよ、腹が立ちすぎて」憤然と言ったあとで、セアラは少し表情を和らげて恋人の青い目を見つめた。「そんな顔をしなくたって大丈夫よ、ピーター。私だって無分別な非常手段に訴えたりするつもりはないの。そんなことをすれば、それこそアレックスの思うつぼだわ」

「そうとも。こういう場合は根気が第一だよ」

優しく諭してくれるピーターの目を見つめて、セアラはどうにか笑みを作った。常に優しく物静かで自制心を失わないピーターの人柄は何から何までアレックスと対照的だ。顔立ちも温厚な性格をそのまま表していて、驚くほど魅力的とは言えないまでも落ち着いた温かみを感じさせる。

「そうね、なんとか根気強くやってみるわ」セアラは苦笑まじりにうなずいた。「もっとも、私は気が長いほうじゃないし、どうすれば私が怒りだすか、アレックスは知りつくしているのよ」

「しかし、こんな引き延ばし戦術で彼にどんな得があるのか、そこがわからないなあ」ピーターはステーキを平らげて椅子の背にゆったりともたれた。「別居して一年にもなるのに、彼は君の前に顔を出したこともなければ、会いたいという意思表示さえしていないんだろう？　まだ復縁の可能性をさがしているんだろうか」

セアラは冷たく笑いながらかぶりを振った。「とんでもない。離婚が成立しない限り私とあなたが結婚できないことを知っているものだから、それでわざと私を困らせて楽しんでいるのよ。そういう男と結婚したのが私の最大の過ちね。でも、あえて言い訳させてもらうなら、当時まだ十九歳だった私が相手の人間性まで見抜く目を持っていなかったのも無理のないことでしょう？　本来なら、娘のそういう無分別は親が諭してやめさせるものだと思うけれど、あいにく私の両親にも人を見る目はなかったようだわ。それに、たとえ両親が猛反対していたとしても、あのころの私は……」セアラは残りの言葉をのみ込んで歯を嚙《か》みしめた。あの当時は誰のどんな忠告も耳に入らないほどアレックスへの愛にのぼせ上がっていたというのが、悔しいけれど否定できない事実だ。だからはじめのうち、両親は心配しながらも黙って成り行きを見守っていたのだろうし、娘の恋人と実際に会って話をしてからは心配するどころか大喜びで結婚を奨励し始めた。アレックスは自分がその気になれば、どんな相手でも簡単に手なずける能力と演技力を持っているのだ。映画監督を辞めて自分で俳優になればいいのにと、セアラは胸の内で苦々しくつぶやいた。

食器を下げに来たウェイターが、ほとんど手つかずのセアラの皿を見て心配そうに眉を寄せた。「舌平目がお口に合わなかったのでございましょうか。でしたら、何か別のものを……」

「おいしい舌平目だったけれど、食欲がなくて食べられなかったの」セアラは礼儀正しい笑みを見せて言った。「あとはコーヒーだけいただくわ」

「僕もだ」と、ピーターが口を入れる。

ウェイターがあきらめ顔で肩をすくめて去ると、セアラは忍び笑いをして言った。「私、なんだかあの人に悪いことをしてしまったみたいね」

そんなセアラを、ピーターは好もしげに見つめた。「明日からしばらく君に会えないのかと思うと、オランダへ行くのも気が重いよ。いっそ、君も来たらどうだい？　航空券やホテルの予約を二人分にするぐらい造作もないことだ。すばらしい町だよ、アムステルダムは。史跡や名所もたくさんあるし、運河のほとりを散策するだけだって、イギリスからはるばる行く価値は充分にある」

セアラは残念そうにかぶりを振った。「ついていきたいのはやまやまなんだけど、明日の昼食には必ず顔を出すって、母に約束してしまったのよ。私、言わなかったかしら、明日は両親の結婚記念日なの」明日のことは一カ月以上も前から母との電話のたびに念を押されている。結婚記念日や誕生日はカルスロップ家にとっての一大行事だから、明日も兄二人や姉のジャニー、両親の弟妹、それぞれの妻や夫や子どもたちがこぞって集まることだろう。今さら欠席の連絡を入れたりすれば……。

「しまった、それをすっかり忘れていたよ」と、申し訳なさそうにピーターが言った。マロリー家の人々もまた家族同士が親密なきずなで結ばれているので、事情を即座に理解してくれたらしい。この点でもアレックスとは対照的だ。アレックスは親類縁者と名のつく者を一人も持たない天涯孤独の身であり、自分のことにしか関心を払わない彼としては、それをむしろ喜んでいる気配さえうかがえる。

「でも、本当に残念だわ。いつか必ず、アムステルダムの運河に連れていってね」

「ああ。約束するよ」陽気にうなずいたピーターは、鮮やかな緑色をしたセアラの目を急にしげしげとのぞき込んだ。「すごくきれいだよ、今夜の君は」

「今夜だけ？ 失礼ね」と、セアラは笑いながら冷やかしたが、ピーターの顔は真剣そのものだった。

「もちろん今夜だけじゃない。僕は会うたびに君の美しさに圧倒されそうになるんだよ。こんなにも可憐《かれん》で美しい女性がこの世にいるということ自体、いまだに信じられないような気さえ……」

「もうそれぐらいにしておいてよ」あまりの賛辞に、セアラは思わず片手を差し出してピーターを制した。するとピーターはその手を自分の両手で包み込み、彼女の卵形の顔や豊かな鳶《とび》色の髪を食い入るようなまなざしで眺め回した。

「不思議な人だよ、君は」と、ピーターはつぶやくように言った。「そうして黙っているときは、この世の人とも思えないような清楚《せいそ》ではかなげな雰囲気があるのに、いったん口を開いて笑ったりしゃべったりすると、まるで火のような情熱を感じさせる」彼は自分と結婚することを約束した女性にかすかな笑みを送り、さっきから握ったままのセアラの手をそっと持ち上げててのひらに軽く唇を押し当てた。「君のような人と巡り会えたことに、僕は心底、感謝しているよ」

「私もよ」セアラは心からの共感をこめて言った。数年前なら、ピーターのように物静かで慎重な性格の人物には、物足りなさを感じたことだろう。退屈すぎて逃げ出したくなったかもしれない。もちろんそれはアレックスとの離婚を決意するに至った、あの騒ぎが持ち上がる以前の話だ。ぼろぼろに傷ついた心を抱えてアレックスのもとを去った今は、ピーターの穏やかさが何よりもありがたい。

ウェイターがコーヒーを運んでくるのを見て、ピーターはさりげなくセアラの手を放した。彼は人の注目を浴びることを極力避けたがっているのだ。交際を始めてすぐにセアラもそのことに気づき、それからは自分の服装もあまり刺激的でないものを選ぶように気を配り始めた。ピーターが気に入ってくれるのは清潔感のある明るい色調、簡素で上品なデザインだ。服装に限らず、何事についても〝常識的〟で〝世間並み〟という線を踏み外さないのが彼の好む生き方だが、この点もまたアレックス・スティーヴンソンの生き方とは正反対と言えるだろう。アレックスは超一流の有閑階級と同席するような場合でも自分自身の好みに合わせた態度や服装を頑として崩さない。小さな持ち船の甲板を磨くときのような古ぼけたジーンズとセーター姿で上品なパーティーの席に乗り込み、高尚な趣味の人々が驚く様子を見て悦に入ることもしばしばだった。彼は妻の服装についてもいちいち口出しし、目もくらむような大胆なドレスを好んで着せたがった。セアラも夫の意にそって装うのを当然のこととして受け止めていたが、結婚生活が破局を迎えたあとのある日、鏡の中の自分と二人だけでむなしい会話を続けていたときに、自分が自分としてではなく、夫のペットとしてしか生きていなかったことに気づいて愕然《がくぜん》としたのだった。

正面のピーターを上目使いに見つめながら、セアラは同じ過ちを二度と繰り返すまいと心に誓った。ピーターの好みを尊重することと、自分自身の好みを捨ててしまうこととは完全に別個のものだ。これからはほかの誰でもなく、自分自身の考えと信念に基づいて生きることを忘れてはいけない。

「何を考えているんだい?」コーヒーを飲み終えたピーターがウェイターに目顔で伝票を催促しながらたずねた。

「あなたのことよ」と、セアラはごまかした。「しばらく寂しくなるわね。明日は何時の飛行機?」

「朝の十時だよ」ピーターはウェイターに勘定とチップを渡しながら答えた。「なるべく明日中に向こうから電話を入れるつもりだが、取り引き先の連中が夕食会の準備をしているらしいから、それが長びくと、ホテルに帰るのは深夜になるかもしれない」

「電話は実家のほうに入れてね。私、明日は向こうに泊まるつもりなの」セアラは席を立ち、ピーターに先導されてレストランの出口に向かった。クリーム色のシルクのドレスというおとなしい服装にもかかわらず、彼女のスタイルのよさに四方から注目の視線が浴びせられた。

「じゃあ、週末はずっと実家で過ごすのかい？　そこまでは知らなかったよ」ピーターはセアラのためにドアを押さえながら言った。彼女は感謝の笑みを投げて歩道に出た。

「予報だとお天気もよさそうだし、せっかくだから潮の香をたっぷり吸ってこようかと思うのよ」

「だったら、日曜の朝、君が起きたころに電話を入れることにしよう。月曜日からは職場に出る？」

「そのほうがよさそうだわ。でないと、ジョーズの餌食《えじき》にされるから」セアラはピーターの車の助手席に乗り込みながら陽気に笑った。彼女がコピーライターとして働いている広告代理店のジョージ・ジェローム所長は、本名よりも例の人食い鮫《ざめ》の〝ジョーズ〟の通り名のほうで知られている。しゃべったり笑ったりするときに頑丈そうな真っ白な歯をむき出しにする癖があるうえ、いったん怒ると気弱な人間なら卒倒しかねないほどの見幕でがなり散らすことからついた名だが、彼が最も怒りでおかしくなるのは、部下が時間や仕事にルーズなときだ。

ピーターは車を発進させ、夜の市街地を慎重なハンドルさばきで運転していった。「どうせ向こうに行くのなら、スティーヴンソンが家を売りに出しているかどうか確かめてきたらどうだい？　とにかく、あそこが売れないことには離婚しても君は何も取れないんだからな」

「ええ、確かめてくるわ」セアラは考え込みながらうなずいた。「アレックスがいつまでも家を売らないようなら、何か強行手段を考える必要があるって弁護士からも言われているの。あそこ以外に住む家がないのならともかく、彼はニューヨークにもロンドンにもフラットを借りているんですものね。母の話だと、最近ではあの家に寄りつきもしていないそうよ。でも……」彼女は眉を寄せてため息をついた。「ときどき何もかもがわずらわしくなって、アレックスとの縁さえ切れるなら、財産の権利なんかそっくり放棄しようかと思うことだってあるわ」

「それはないよ」と、ピーターがたしなめた。「君は横暴な夫のわがままを何年も忍んできたんだよ。おまけに、あの家の家具の大半は君のご両親の金で整えたものだし、家の改装も君一人でやり遂げたんだろう？　そういう実績に相当する額を渡すのは、離婚を申し立てられた夫の当然の義務さ」ピーターは一秒ほど考え込んでから再び言葉を継いだ。「それとも、彼は金を惜しがっているのかなあ」

「私を怒らせたいだけよ。こっちが根負けして音をあげるまで、一ペニーも出さないつもりなんでしょうよ」セアラの緑色の目に怒りの火が燃えた。

彼女のささやかな部屋があるアパートの前まで来ると、ピーターは車を止めて恋人の唇に甘いキスをした。「寄っていきたいんだが、まだ荷造りが残っているんだ。僕の留守中、一人でくよくよと思い悩んだりしないでおくれ。スティーヴンソンのことなんか無視してやればいいんだ」

「そう、それが一番よね」と、素直にうなずいてピーターと別れたものの、そのとおりにできるという自信はほとんどなかった。アレックスの側からなんらかの働きかけをしてきているのなら、それを無視することで気も晴れるだろうが、現実はこちらが弁護士を通じてせっせと連絡を取ろうとしているのに、いっこうに音さたがないという状態だ。思い出すたびに腹が立って、いっそ彼の家の窓にコンクリートブロックを投げつけに行こうかと思うときもある。しかし、窓を割って、〝これでも知らん顔ができるなら、してごらんなさいよ〟とわめいたところで、アレックスは窓の外で興奮して飛びはねている女には目もくれず、ガラス屋に電話を一本かけたあとは口笛を吹きながらソファーに寝直すのがおちだろう。そういう反応のなさにじれて、弁護士を介さず一人で離婚の交渉に乗り込んでいけば、まさに彼の思うつぼだ。その手にだけは乗るまいと、セアラは改めて自分を戒めた。

翌日の土曜日、小さめの旅行バッグに荷物を詰めたセアラはタクシーでチェアリングクロス駅に行き、そこから列車でケント州の海岸地帯へと向かった。大ロンドン三十二区の中で最も都心に近いカムデン地区に住んでいる彼女にとって、自分の車は今のところ無用の長物だった。職場へはバス一本で行けるし、急ぎのときにはいつでもタクシーを拾える。もちろんデートのときにはピーターが車で送り迎えしてくれるし、実家に帰るのも車よりは列車のほうが速く、しかも安上がりだ。彼女の両親はロムニーマーシュという広大な牧草地帯の外れにある小さな村に住んでいて、末の娘がロンドンから戻ってくるときには、いつでも駅まで迎えに出てくれる。

その日も、田舎の小さな駅におり立ったセアラは向かいの駐車場から急ぎ足でやって来る父の姿をすぐに見つけた。彼女が手を振ると、ジョン・カルスロップは小走りに駆け寄って娘の荷物を受け取りながら申し訳なさそうに言った。「ホームまで行くつもりだったのに、すまん。ちょうど出がけに電話がかかってきたものでな」

「あら、気にしないでよ」セアラは思いきり背伸びをして父の頬にキスした。彼は百九十センチ近い上背の割に極端なまでの痩《や》せ型なので長身がなおのことひょろ長く見える。マーマレードをかきまぜたようなオレンジ色の髪にはちらほらと白いものが目立ち、太い眉のほうは一足早く真っ白になっているが、はしばみ色の目の輝きや健康そうな顔の色つやは、とても五十代には見えない。気分のほうも大いに若々しく、昔から続けているジョギングとスカッシュの趣味に加えて、去年からはギターを習い始め、今後も老化防止のため、一年に一つは新しい趣味に挑戦すると宣言している。

　セアラは父の後ろに続いて駐車場に行き、カルスロップ家のみんなから《貴婦人》と呼ばれている古い愛車の助手席に乗り込んだ。この旧式なフォルクスワーゲンを父は五番目の子どものように慈しみ、いつもまぶしいばかりに磨き上げている。

　軽快なエンジン音を響かせて《貴婦人》を実家のあるホワイトアバス村へ向かって走らせながら、ジョン・カルスロップは娘から問われるままに家族の消息をおもしろおかしく語って聞かせた。

「みんな元気そうね。で、父さんはどうなの？　店は繁盛してる？」

「大もうけというほどではないが、まずは順調に行ってるよ」ジョン・カルスロップはホワイトアバス近辺で唯一の都会であるライの市街地に薬局を開いている。朝夕の往復のたびに広大なロムニーマーシュを突っ切ることになるので時間はかかるものの、四季の移り変わりを肌で感じながらの通勤を彼はむしろ楽しんでいるようだ。かつて海の底にあったロムニーマーシュは長い年月の間に徐々に干上がり、今では国内でも指折りの牧草地帯になっている。のんびりと草を食《は》む羊の群れの間を縫うように、くねくねと折れ曲がった細い道路が縦横に走っているので、初めての旅行者は方向感覚を失うこともしばしばだが、ところどころにそびえる中世の教会の塔が、そんな旅行者のための格好の目じるしになっている。

今、《貴婦人》の助手席から初夏のロムニーマーシュを見渡すセアラの胸には甘ずっぱい郷愁が広がっていた。彼女の今までの人生の大半は、この豊かな自然の中ではぐくまれてきたようなものだった。曲がりくねった小道や別れ道がどこにどう通じているのかも、そらですらすらと言えるほどだ。その小道を子どものころは自転車で走り回ったし、結婚してからはアレックスの車でドライブしたものだ。結婚式も、今はるか前方に見えてきたホワイトアバス村の教会で挙げた。古い石造りの教会のたたずまいも、それを囲む杉の木立や墓地の辺りで草を食む羊の群れも、あのころと少しも変わっていない。なんとはなしに、深いため息が口から出た。

「どうした？　疲れたのか？」心配そうな父の顔が助手席に向いたので、セアラは急いでほほ笑んだ。

「ロンドンみたいな都会に住んでいれば、誰だって疲れるわよ。やっぱり故郷が一番だわ」

「おまえもだんだん母さんに似てきたようだな」父は急ハンドルを切り、村に続く小道の一つに車を乗り入れた。

「あら、旧道を行くんじゃないの？」と、軽い口調でたずねた娘に、彼は再びちらりと視線を投げた。

「母さんが待っているから、今日は新道にしよう」

〝新道〟と呼ばれてはいても、人々が通るようになってから五百年以上にもなる古い道だが、そこを行ったほうがはるかに近いのは事実だ。〝旧道〟のほうは海べりの丘の下を海岸線すれすれに通っているので、春には高潮がしばしば防潮堤を越えて丘のふもとに突進し、土地に不案内なドライバーが命を落とす事故もたまに起こる。もちろん地元の人々は潮の見方を知っているので、高潮の危険がありそうな日には新道しか使わないが、そうでない限り、のんびりした週末などには旧道からの海の景色を楽しみながら走る車も少なくない。

「旧道を回るなら、あの家の様子を見ていこうと思っていたのに」セアラは低い声でぽつりと言った。「売り家の看板は、もう出ているの？」

「さてな。あっちの方面にはしばらく行っていないんだよ」

セアラは父の横顔に鋭い視線を投げた。直接に看板を見なくとも、家が売りに出ているのであれば、それを父が知らないはずがない。この近辺で起こる事件やニュースは、どんな小さなことであれ、その日のうちにロムニーマーシュを駆け巡って村々に伝わるのが普通だ。父は、わざと質問をはぐらかしたとしか思えない。

なぜだろうと、セアラは考え込んだ。ここ何週間かの間にアレックスが訪ねてきて、何か打ち明け話をしたのだろうか。セアラは離婚騒ぎのいざこざに両親を巻き込むことのないよう懸命に努力しているが、アレックスのほうはカルスロップ夫妻を丸め込む作戦に出たのかもしれない。それぐらいのことは平気でやりかねない男だ。両親は彼を非常に気に入っていて、中でも父は年齢の差を超越した親友として親しくつき合っていた。二人はアレックスのヨットでしばしば海釣りに出かけたし、ロムニーマーシュを歩き回って川釣りや野鳥の観察にも行った。父はあおさぎの巣を見つける名人だ。生い茂ったすげの間を息を殺しながら腹ばいになって進み、親鳥に見つからないように巣を観察する方法もアレックスに教えた。二人はそうやって何時間も親鳥と雛《ひな》の様子を眺めては、満足しきった顔つきで家に帰ってきたものだ。

ハンドルを操る父の横顔に苦悩の色を読み取り、セアラは口にしかけた質問を再び胸の中にしまい込んだ。娘と友人の板挟みのような状態に両親を追い込むなど、アレックスのような身勝手な人間にしかできない無神経な行為だ。

やがて車は道端の門の間をくぐり抜け、ところどころが苔《こけ》むした石造りの古い家の前で止まった。セアラは即座に外に飛び出し、玄関前で待ち構えていた母の胸の中に一目散に走っていった。

「列車が遅れたの？　いつまでも帰ってこないからずいぶん心配したわ」モリー・カルスロップは娘を抱き締めながらほっとしたように言った。

「あら、定刻どおりに着いたわよ。母さんの時計がおかしいんじゃないの？」

そこへ、娘の旅行バッグを持ったジョンが悠然と歩み寄った。「母さんは最近、気が短くなったようだぞ。やっぱり、年のせいかな」

モリーはにわとりを追い立てるようにエプロンをしゃくって夫を家の中へ追いやった。彼女も夫と同じ五十代だが、豊かな金髪には一本の白髪もなく、遠目にはセアラの姉と言っても通用するほど若々しい。十代の若さで結婚して以来、妻であり母であることに満足しきって生きてきた自信と幸せが、澄んだ青い目にいつも穏やかな笑みを宿している。

「ほかのみんなは？」と、セアラはたずねた。

「とっくに集まって居間で話し込んでいるわ。おまえが着いたら、〝当家は満員です〟って、門に張り紙でも出そうかと思っていたところなの」モリーは楽しそうに笑いながら娘を家の中に導いた。「アンは二階で赤ん坊にミルクを飲ませているし、ステファニーとジェームズの夫婦は子どもたちを集めて庭で大騒ぎしているわ。自分たちのほうが子どもみたい。それと、ジャニーは……ここよ」彼女が台所のドアを開けると、片手に大皿、片手にスプーンを持ったジャニーが母と妹に満面の笑みを向けた。

「これで、やっと盛りつけにかかれるわ。母さんったら〝セアラが着くまでお待ち〟の一点張りだったんだから」

「おいしそうなにおいだこと」セアラは懐かしい台所を見回しながら言った。「何か手伝できう?」
「大丈夫。私の名コックぶりを、そこで見学しているといいわ。もっとも、もうすっかりでき上がってしまってるんだけど」

いかにも女性的な母の体型を受け継いだセアラと対照的に、姉のジャニーは髪の色も目の色も、そして背がとび抜けて高いところまで父親似だ。十年前に結婚して娘が一人いるが、夫のラルフは目下、三カ月の予定でインドに行っている。彼は冗談好きの高校生のように快活で楽しい人物だ。そのラルフが熱帯病を専門に研究している医学者であり、インドやアフリカの現地調査に出ているときのほかは研究室で顕微鏡相手に黙々と仕事に精を出しているということが、セアラにはいまだに信じられなかった。

「庭のみんなを呼んでおくれ、セアラ」カルスロップ夫人が流しで野菜の水を切りながら言った。「ちゃんと手を洗うように子どもたちに言ってね」

「ジェームズとステファニーにも言うんでしょ?」セアラはにっこりしながら台所の窓を開け、顔を突き出して「お昼ご飯よ!」と叫んだ。

たいそう楽しい一日だった。大にぎわいの昼食が終わると、こういう上天気の日に家の中に閉じこもっているのはもったいないということで話がまとまり、おやつをバスケットに詰め込んで全員でピクニックに繰り出すことになった。六月はじめのさわやかな空の下、一行はデイジーときんぽうげの花が咲き乱れる青草の上に陣取った。子どもたちはボール投げをしたりデイジーの花で首飾りを作ったりして遊び、男たちは渓流沿いの木立に潜んでいるかわせみの観察に出かけた。女たちはもっぱらおしゃべりに花を咲かせている。

セアラは甘い香りのする草の上に寝そべり、うっとりと目を閉じながら周囲の笑いさざめきを聞くともなしに聞いていた。アレックスと別居してからというもの、家族同士の話の輪の中にはなんとなく入りづらくなってしまった。楽しい会話の中に離婚という楽しからざる話題を入り込ませるのは気が引けるし、かと言ってピーターのことを話題にしようとすると、決まって座がしらけてしまう。ピーターの努力にもかかわらず、みんなはなぜか彼を敬遠するきらいがあるのだ。

しかし、こうして家族といっしょに初夏の草原でのんびり過ごしているというだけで、セアラは充分に幸せだった。子どもたちは草花の名前を当てっこしたり、いらくさのとげに刺されて大騒ぎしたりしている。集合の号令がかかって、子どもたちの待ちかねていた野原でのお茶の会が始まったとき、近くの木立でかっこうが鳴いた。すると、それに答えるように遠くの木立からも同じ鳥の声があがり、都会では聞くことのできない美しい二重唱で人々の耳を楽しませた。

ロムニーマーシュがたそがれ色に染まるころ、一行はピクニックのあと片づけをして帰途についた。楽しかった集いも家に帰り着いて一休みしたところでお開きとなり、みんなは今日の主役であるカルスロップ夫妻のいっそうの健康と幸福を祈って乾杯した。それに使われたグラスは、今日の結婚記念日のプレゼントとしてセアラが買ってきたものだ。

そのあとで、みんなはカルスロップ夫妻と、今夜ここに泊まるセアラに陽気な別れのあいさつをしてそれぞれの家路についた。子どもたちは疲れきっているくせに、まだ遊び足りないと言ってむずかり、それをなだめているうちに、セアラ自身もなぜかわけもなく泣きたくなってしまった。

翌日の日曜日、久しぶりにたっぷりと朝寝坊をしたセアラは遅めの朝食をとったあと、ふと思いついて言った。「運動がてら、少し散歩してくるわ」

両親は一瞬はっと顔を見合わせ、続いて、それなら三人で行こうと同時に声をそろえて言った。

「相変わらず仲のよろしいこと」と、セアラは冷やかした。「私、海岸のほうへ行ってみたいわ」

「それだと途中までは昨日と同じ道になるわよ」カルスロップ夫人が慌てたような早口で言った。「それより、久しぶりに村の中を見て回るほうが……」

セアラは軽くかぶりを振った。「私、あそこに〝売り家〟の札が出てるかどうかも見てきたいの」

重いため息が母の口から飛び出した。「出てはいないわ」カルスロップ夫人は視線を娘から夫の顔に移した。「やっぱり、教えるべきですよ」

「しかし、おまえ、それはまずいぞ」

「陰謀めいたことは私、好きになれませんね」

「ねえ、なんの話なの？」セアラは驚いて口を挟んだ。いやな予感が首筋をくすぐる。「何か私に隠していることがあるの？　アレックスに関係のある話？」

その質問と娘の視線に背中を向けて、ジョンが妻だけに言った。「やはり我々の出る幕ではないよ」

「いいかげんにしてよ」セアラはたまりかねて鋭い声を出した。「二人とも、アレックスと共謀して私を何かの罠《わな》にかけようとしているの？」

「そんなこと、私たちがするはずがないでしょう」モリーは悲しそうに娘を見つめて言った。「でもね、かわいそうなアレックスは……」

「かわいそうなアレックス？」セアラは耳を疑った。「アレックスの、どこが〝かわいそう〟なのよ！」

「だって、考えてもごらんなさいよ。物心ついてからというもの、肉親の情というものを一度も知らずに育ってきたのよ」

「なるほどね」セアラは皮肉たっぷりにうなずいた。「かわいそうでかわいそうで、泣けてくるわ。で、そういうお涙ちょうだいの身の上話で母さんたちの優しい心につけ込みながら、彼はどんな陰謀をたくらんでいるの？　教えてちょうだい」

ジョンは妻から途方に暮れたような視線を送られ、苦りきった顔で肩をすくめた。「教えるべきだと思うのなら、おまえが話せばいいだろう」

カルスロップ夫人は意を決したように娘に向き直った。「あの家には、アレックスが来ているのよ」

セアラは強い耳鳴りに襲われた。「アレックスが今、あの家に……」うつろな声でつぶやいているうちに、驚きは見る見る怒りに変わっていった。「じゃあ、何も知らずにあそこへ行けば、いやでも彼と鉢合わせになったわけね?」震える声で言いながら、彼女は両親を交互ににらみつけた。

ジョンは気まずそうに目をそらしただけだが、モリーのほうは娘の糾弾の視線を悲しげに受け止めてつぶやいた。「だから、そうならないように教えたのよ。行く行かないは、おまえの自由だわ」

セアラは攻撃目標を父に転じた。「父さんは私に教えないほうがいいと思ったのね?ひょっとして、アレックスを呼び寄せたのも父さんなの?」

「おまえが来ることを教えてやっただけだ」ジョンは居心地悪そうに椅子の上で姿勢を変えた。「別居して一年にもなるんだ。弁護士だとか財産分与だとか御託を並べるのはいいかげんにして、そろそろ当人同士、冷静に話し合ってみる気にはなれんのかね? おまえとしては腹の立つこともあるだろうが、四年間も仲よく連れ添った仲じゃないか」

「案の定だわ」セアラは肩を怒らして言い放った。「案の定、父さんも母さんも、すっかり丸め込まれてしまったのよ。彼が私に何をしたか、忘れたの？　私に内緒で秘書をシンガポールに連れていったのよ。不貞がなかったなんて、誰が信じるものですか。現に、あの秘書はアレックスの不貞を認めたからこそ、夫から離婚されたんじゃないの」

「しかし、アレックスは秘書が嘘《うそ》を並べ立てたんだと言っているぞ」

「嘘じゃないという証拠が、向こうのホテルの宿泊記録として残っているわ。二人の泊まった部屋は隣り合った別々の部屋ということにいちおうなっているけれど、実は仕切りドア一枚で自由に出入りできる続き部屋なのよ。しかも、そのドアが開けっぱなしになっているところをボーイが目撃しているの。それだけ証拠がそろえば充分だって彼女の夫は言ったし、この私もまったく同感だわ」セアラの声は荒々しく、顔もこみ上げる怒りで紅潮していた。こんな過去の話は持ち出したくもなかったが、アレックスが別居のいきさつを自分の都合のいいように脚色して両親に語っているとなれば、こっちも黙ってはいられない。「今なら午前中の最終列車に間に合うわね」セアラは急に思い立って椅子から立ち上がった。「私、帰るわ」

「なにも、そんなに慌てなくたって……」母は泣きそうな顔で引き止めにかかった。「アレックスに会いたくなければ、会わなくてもいいのよ」

「私がここにいることは知られているんだから、こっちが行かなければ向こうから押しかけてくるに違いないわ。私、彼の顔だけは二度と見たくないの」

セアラは大きな衝撃と怒りに震えながら二階に駆け上がって荷物をまとめた。久しぶりの我が家で味わうくつろいだ気分はどこかへ吹き飛んでしまった。何よりもショックだったのは、両親——とりわけ父の気持がアレックスの側に大きく傾いてしまったように見えたことだ。何があろうとも、父だけは味方についてくれると信じていたのに、それが自分だけの一方的な思い込みにすぎなかったとは……。

セアラはどうにか泣かずに荷造りを終えて一階におりたが、母はどうやら、さっきからずっと泣いていたらしい。目のまわりを赤くはらし、がっくりと肩を落とした姿を見ると、セアラは急いで駆け寄って母を抱き締めずにいられなかった。「きついことを言って、ごめんなさいね。折を見て、近いうちに出直してくるわ。でも、アレックスと私を引き合わせようなんて二度と考えないでちょうだい——お願いだから」

「おまえのためになると思ったから、それで……」ようやくそれだけ言うと、カルスロップ夫人は再び涙ぐんだ。

「ええ、わかっているわ」セアラ自身も涙の脅威を感じ、慌てて母の頬にキスした。「大変！　乗り遅れるといけないから、もう行かなくちゃ」玄関に向かって駆けだした彼女の後ろに、眉を一文字に結んだ父が重い足取りでゆっくりと続いた。

昨日の上天気と打って変わって、今日は海からの湿った風がロムニーマーシュに濃い霧を送り込んでいた。そして、これまた昨日と対照的に、車に乗った父と娘は互いに一言も口をきかないまま駅に着いてしまった。人影もまばらな田舎の駅のホームで列車を待つ間も、二人はただ黙って遠くを眺めていた。レールの音を響かせて走ってきた列車がホームにゆっくりと停車したとき、セアラは初めて父に顔を向けて別れのキスをした。すると、ジョン・カルスロップは重い口を開いて言った。

「すまなかったな、セアラ。おまえを困らせようとしてしたことではないんだ。それだけはわかっておくれ」

「ええ、もちろんよ」セアラは心からうなずいて列車に乗り込んだ。両親の愛情を一時的にせよ疑ったことが今では申し訳なく思えた。二人とも、娘の幸せのためによかれと思って心を尽くしてくれていることは間違いない。ただ、何が娘の幸せかということについて、誤解があったようだ。

セアラは動きだした列車の窓から身を乗り出し、ホームに立つ父にいつまでも手を振り続けた。そして、父の姿がすっかり見えなくなると、座席に座り直してぼんやりと窓の外を見つめた。週末帰りの人々でこみ合う時間帯には早すぎるので、狭い客室の乗客は彼女一人きりだった。列車は徐々にスピードを上げながら次の停車駅であるアシュフォードをめざして牧草地帯をひた走っている。霧はますます濃くなっていくようだ。ごくまれに、家や木立や農家の納屋がぼんやりと姿を現す以外は、見渡す限り一面の不透明な白い世界が続いている。

列車のスピードが増すにつれて横揺れもひどくなってきた。セアラは窓の外を見るのをやめて正面に向き直り、座席の背にもたれて目を閉じた。危ういところでアレックスと顔を合わせずにすんだという安堵《あんど》の思いが、今ごろになって胸に広がった。別居に至るまでのいきさつのうち、ごく一部しか両親に打ち明けていないのが悪かったのかもしれない。すべての真相を知れば、両親も今度のようなくわだてに加担するどころか、アレックスの名前を聞くことさえ嫌悪するようになるのではないだろうか。しかし、そのためには、二度と思い出したくもない過去を自分の口から語らなければいけないし……。

セアラが目を開けて大きく身震いした、まさにそのとき、この世の終わりかと思うような恐ろしい衝撃音がとどろいて、列車全体が激しく左右に揺れた。夢中で座席にしがみつこうとしたかいもなく、彼女は衝撃に引きずられて客車のドアに頭からぶつかっていった。揺れがおさまり、世界中が鳴りを潜めたような重い静寂が列車を包んだとき、セアラの体は打ち捨てられた人形のようにぐったりと客車の床に横たわっていた。

2

どうにか目を開けたとき、セアラは即座にふたつのことを理解した。一つは、激しい頭痛のために吐き気がすること。もう一つは、誰かが心配そうに顔をのぞき込んでいることだった。その中年の男性の顔にはまったく心当たりがなかったが、彼の着ている地味な色の制服には、なんとなく見覚えがあるような気がした。もっとよく見ようとし、セアラは目を思いきり見開いた。目の上に不透明な膜でもかかっているのか、視界全体が白くぼやけている。

「私……どうなったんですか?」ようやく絞り出した声は、聞き取りにくいほどかすれて弱々しかった。

「ご安心なさい。大丈夫ですよ」という返事の割に、男の声は自信の響きを欠いていた。

セアラは別の質問をしようとしたが、何を知りたかったのか忘れてしまい、激しい痛みの続く頭に手を当てた。はっとしたような表情を男の顔に見たのと、指先になまぬるい感触が伝わったのとが同時だった。震えながらおろした指先を見つめて、彼女は力なくつぶやいた。「血だわ……」疲れ果てたまぶたが自然と下がっていく。何か励ますような男の声を聞きながら、セアラは再び意識を失った。

まぶしすぎる光を顔に当てられ、彼女はしぶしぶ目を開けた。光は白衣を着た医師のペンライトの先から出ている。この病院では、医師が真夜中に診察して回る慣例なのだろうか。……病院？「私、いつ入院したんでしょう。傷は重いんですか？」

ペンライトが消え、冷たい脱脂綿のようなものが顔の汗をぬぐってくれた。その額の上をのぞき込みながら、医師が優しくたずねた。「痛むかね？」

「ええ、ひどく痛みます」と答えながら、セアラは医師の後ろからこちらをのぞき込んでいる牛の顔を見つめた。「どうして病院に牛がいるんです？」

「牛？　どこに牛がいるんだい？」

「先生の後ろですわ」そう言って指さそうとすると、牛はなぜか人間の言葉をしゃべった。

「担架の用意ができましたよ、先生」

「なんだ、君か。びっくりさせないでくれよ」医師は苦笑しながら白い包帯を取り出し、セアラの頭に手早く巻きつけ始めた。

「あの……何が起こったんでしょうか」セアラは突然、自分が列車の床に寝そべっていることに気づいた。いつ、どこへ行こうとして列車に乗ったのかは思い出せないが、ここが列車の中であることだけは確かだ。線路沿いに道行く人々が、開け放された列車のドアの中をいぶかしげにのぞき込んでいるのもわかる。「列車が事故か何かに遭ったんですか?」

「何も覚えていないのかね?」

「覚えていないからたずねたんだわ」口の中でつぶやいてから、セアラは気を取り直して医師を見上げた。「私は重傷を負ったんでしょうか」

「手足の打撲は軽いから、治療するまでもない」医師は慰めるように言った。「頭は少し強く打ったようだな。前頭部に切り傷がある。これは縫合の必要があるが、なに、ちょいと縫い合わせるだけだ。べつに心配はいらんよ、ミス……ええと……」

「ミセスです」と、セアラは言った。「ミセス・スティーヴンソンです。で、私の夫……」と、そこまで言ったところで、続きを急に忘れてしまい、ひどく間の悪い思いで口をつぐむはめになった。

「ご主人に連絡を取りたいんだろう。安心したまえ。そういうことは病院がちゃんとしてくれるよ」

セアラは強く眉を寄せた。アレックスに電話してくれと言いたかったのだろうか。そうだったような気もするし、そうでなかったような気も……。不意に体が持ち上がり、担架に乗せられたことがわかった。列車の外に出た担架は白く立ち込めた霧の中を通って救急車の内部に運び込まれた。その後ろから看護師が一人乗り込み、内側からドアを閉めた。けたたましいサイレンの音とともに救急車が走りだしたとき、セアラは枕《まくら》もとに来た看護師にたずねた。「負傷者は大勢いるんですか？」

「ショックによる貧血とか軽い打撲傷とかで応急手当てを受けた人は何人かいますけれど、病院に運ぶほどの負傷者は幸運にも、あなた一人ですわ」看護師は患者の脈をとりながら快活に言った。

「私はエリートというわけですね」セアラはそっけなく言って目を閉じた。「私、これからどこの病院に運ばれるんです？」

「ウィルズボロー病院です。ご存じですか？」

うなずいた拍子に額の生え際の辺りに激痛が走り、セアラは顔をしかめながら黙り込んだ。病院に着くまでの間、彼女は自分が列車でどこへ行くつもりだったのかを思い出そうとしてやっきになったが、少しでも考え事をしかけるたびに傷口の辺りがひどくうずいて思考を妨げた。胸の底によどんでいる不安の原因も不明のままだ。何かアレックスに関係のあることだというところまではわかるのだが……。

急患用の待合室に運ばれ、今までとは別の看護師から手続き上の質問を受けるときになっても、頭にぽっかりと穴のあいたような記憶の空白部分は埋まらないままだった。しかし、車の震動がなくなった分だけ痛みが薄らいだことに勇気づけられたせいもあって、その件は特に問い詰められでもしない限り、自分の胸だけにしまっておくことにした。記憶が欠落しているのは事故に遭う前の、たかだか数日分だ。自分が何者かはちゃんとわかっているし、アレックスのことや家族や親戚《しんせき》のことも支障なく思い出せる。忘れている部分の記憶も、事故のショックさえおさまれば自然と戻ってくるに違いない。あの列車に乗ったのは、たぶんロンドンでショッピングをするためだったのだろう。あるいは仕事の手があいたアレックスと待ち合わせて食事をするためだったのかもしれないが、いずれにしても、どうせすぐに思い出せることだ。わざわざ症状として訴えて医師を驚かす必要がどこにあるだろう。

「お名前は？」と、看護師が最初の質問を発した。

セアラは努めて冷静な声を準備して口を開いた。「セアラ・スティーヴンソンです」

「結婚なさっておいでですか？」

「はい」

「ご主人のお名前は？」

「アレックス・スティーヴンソンです」

「ご住所と電話番号を、どうぞ」セアラはよどみなくすらすらと答えた。「年齢と生年月日をおっしゃってください」今度もセアラはすらすらと答えたが、看護師は生年月日を書き込んだあとで年齢欄を訂正し、「ご自分の年齢をお間違えになっては困りますわ」と、苦笑しながら言った。そして、驚いて抗議しかけたセアラの先回りをして次の質問に移り、用紙の所定の欄にすべて記入が終わると、これからレントゲンを撮りに行くと患者に告げた。

セアラは車椅子に移され、毛布で体をすっぽりとくるまれた。「こんな季節に、大げさじゃありません?」と、彼女は訴えた。記憶に空白部分があるとはいえ、もう夏に近い季節だということぐらいはちゃんと覚えている。

「大きなショックを受けたあとの患者さんは、よく風邪をひかれるんですよ」と、看護師が説明した。

セアラは車椅子を押してもらって放射線科に行き、さまざまな角度から頭の写真を撮られた。フィルムが現像され、それを担当医が検分している間、控え室で待つ彼女には熱い紅茶が出された。

三十分ほどもたったころだろうか、医師はようやくセアラを診察室に呼び、頭の骨にも脳にもいっさい異状が見られなかったと告げて彼女を心からほっとさせた。「だから、傷口の縫合手術さえ終われば自宅にお帰りになって結構ですよ」医師は快活な口調で言った。「ただし、頭痛やめまいを感じたり視覚に異状が表れたようなときには、すぐにここへ来て診察を受けてください」

「あの……傷跡はあとあとまで残るんでしょうか」

医師は励ますようにほほ笑んだ。「生え際から一針分ぐらいは額に傷跡が残るかもしれませんが、髪型しだいで容易に隠せますよ」

看護師が手術用の器具を手押し車に載せて運んでくるのを見て、セアラは少し怖くなった。「手術というのは、ひどく痛いものなんでしょうね」

「おや、君は小学校の何年生かな?」と、医師はからかった。「大丈夫ですよ。局部麻酔を施しますから、痛みはまったく感じないはずです」

手術中は体を動かさないようにという注意を受けて手術台にのぼったセアラは、恐怖心と闘いながら目を固く閉じていたが、確かに麻酔のおかげで痛みは少しも感じずにすんだ。

手術の最中に、医師と看護師が小声で交わす会話が聞こえた。

「家族との連絡は取れたのかい?」

「はい。間もなく夫がこちらに着くと思います」

セアラはそっと安堵《あんど》のため息をついた。アレックスが来てくれるのなら、もう安心だ。意識が戻って以来の得体の知れない不安と心細さは、愛する夫の顔を見ればたちまち消えてなくなることだろう。記憶の空白部分についても、アレックスに事情を話せば、きっとどうにかなるに違いない。

縫合手術を終えた医師は、看護師が傷口に包帯を巻き直している間、手を洗いながら患者に話しかけた。「当分の間、体に衝撃を与えるような急激な動作や運動は避け、特にここ一両日はベッドで安静にしていてもらいましょう。来週には抜糸をしますから、帰る前に受付で診療予約をしていってください」

セアラは看護師につき添われながらも、今度は自分の足で歩いて控え室に戻った。新しくいれ直した紅茶のカップと雑誌を数冊置いて看護師が立ち去ったあと、彼女は小さな控え室に一人きりで残された。紅茶を飲むついでに雑誌のページをぱらぱらと繰ってはみたものの、とても細かい文字を読む気にはなれなかった。空になったカップといっしょに雑誌もテーブルに片づけてしまい、彼女は椅子の背にもたれて目を閉じた。痛みは消えたが、傷口の辺りに冷たくしびれるような感覚がある。

どのくらいたったころだろう、ドアの開く音を聞いたセアラは急いで体を起こして目を開けた。「アレックス、来てくれたのね！」うれしくて歓声をあげたつもりだったのに、出てきた声はかすれて弱々しかった。急いで立ち上がったのが悪かったらしく、激しい立ちくらみがして体がぐらりとかしいだが、次の瞬間、戸口から二歩で飛んできたアレックスが、しっかりと体を支えてくれた。

「セアラ……。大丈夫か？」アレックスの声も奇妙なまでにかすれ、どこか遠慮がちな響きすら感じられた。妻の負傷を知らされたショックが、よほど大きかったらしい。セアラは無理にほほ笑みながら両腕を夫の腰に回して体重を預けた。これで、ようやく安心できた気がする。

「大丈夫よ、こうしてあなたが来てくれたんですもの」頑丈な肩にもたれてささやいたとき、いつになく緊張したような夫の体のこわばりが伝わってきた。「そんなに心配してくれなくても平気よ。それより、早く家に連れて帰ってちょうだい。みんなから親切にしてはもらったけれど、私、どうも病院というところが好きになれないの」

「よし、わかったよ」アレックスは静かにつぶやき、妻の鳶《とび》色の髪に軽く頬ずりした。

かすかな笑みとともに夫の顔を見上げたとたん、息の止まるような喜びがセアラの胸に突き上げた。知り合って結婚してから何年もたつというのに、朝な夕なに夫の顔を見るたび、いまだにこうした新鮮な感動が巻き起こるのだ。引き締まった長身の体から発散するパワフルな優雅さもさることながら、アレックスの強烈な個性を最もよく表しているのは彼の目だろう。頭髪の色と同じ漆黒の瞳孔《どうこう》を金褐色の虹彩《こうさい》が取り巻いている様は、大空の高みから獲物をねらう鷹《たか》の目を連想させずにおかない。

「早く家に帰って、二人きりになりたいわ」セアラが小さな声でささやくと、アレックスは驚いたように再び体を緊張させ、無言で妻の体を支えながら戸口に向かって歩き始めた。

セアラといっしょに救急車で運ばれてきた手荷物は病院の受付窓口に保管してあった。アレックスが受領証にサインをしている間、セアラは渡された小さな旅行バッグをしげしげと見つめていた。これは何年か前、確かに自分で買ったものだが、これまで日帰りの外出などに持って出たことは一度もない。すると、ロンドンで一泊か二泊するつもりだったのだろうか。でも、なぜ……どこに……。

サインを終えたアレックスは玄関前に止めておいた銀色の車の助手席に妻を連れていき、

旅行バッグをトランクにしまい込んでから運転席に飛び乗った。車が病院の正門から表の道路に滑り出たとき、セアラは深い安堵のため息をついた。肩にかかっていた重荷が取り除かれたような気分だった。

「実家の両親にも事故の連絡は行っているの？」セアラは座席の背に深くもたれて目を閉じながらたずねた。

「うん。僕が電話を入れたよ」アレックスが淡々と答えた。「ひどく心配して、いっしょに来たいとおっしゃるのを、僕が無理に引き止めたんだ。大勢で押しかけても君を疲れさせるだけだからな」

あの母のことだから、アレックスは納得させるのにさぞかし手を焼いたに違いないと思い、セアラは目を閉じたまま苦笑した。「私、四針ほど縫ったって言われたわ。まだ麻酔がきいているらしくて、痛くはないけれど、額の辺りの感覚がないの。なんだか自分の顔じゃないような、妙な気分だわ」

「あまりしゃべらないほうがいいぞ」アレックスが心配そうに言った。「医師の話だと、二日ばかりはベッドで安静にしている必要があるそうだよ」

「ええ、そのことは私も聞かされたわ」夫をあまり心配させては悪いと思って、セアラはひとまず口を閉じ、いまだに戻らない記憶のことをどう打ち明けようかと考え込んだ。心細い胸の内を一刻も早く聞いてもらいたいのはやまやまだが、せっかく抜け出してきた病院に連れ戻されるぐらいなら、自然に記憶が戻るまで黙って待っているほうがましなような気もする。記憶が欠けているのは、ほんの数日分だけだ。たったそれだけの間に、人生を大きく左右するような重大事件が起こったとは、とうてい考えられない。そんな事件の起きそうな兆候が少しでもあったのならともかく、実際の生活はいたって幸福で平穏無事な毎日だった。アレックスのために料理を作ったり身のまわりの世話をし、ヨットで海に出かけるのも、ロムニーマーシュのドライブや散歩に出かけるのも、いつも二人いっしょだ。夫が海外ロケなどで家をあけているときも、家の手入れや庭仕事の合間に実家へ行って母とおしゃべりしたり、読みたかった本をまとめ読みしたり、それなりに楽しく過ごしている。もちろん夜には必ずアレックスから国際電話がかかってくるし、ベッドに入る前に夫への手紙を書くのも欠かせない日課の一つだ。

突然、小さな記憶の断片がセアラの頭を通り過ぎようとした。それを大急ぎでつかまえて、頭の中のスクリーンに大映しにしてみる。記憶の中で、彼女は家の書斎の壁際に立てた脚立の上に乗っていた。ロマのように髪をスカーフでくるみ、天井近くの柱をペンキでていねいに塗り直しているところだ。あそこを塗ったのは何日前だろう。書斎の模様替えは最後まで完成したのだろうか。

閉じていた目を開けて道路の前方を見すえながら、セアラはなおも懸命に記憶の糸をまさぐった。緑色と金色の壁紙を書斎に張った覚えもある。あれはたしか、アレックスがどこか遠くへ行っていたときだ。どこだろう。ローマ？　それとも……。

ふと気がつくと、アレックスの車はスピードをやや緩めて村の通りを走り始めていた。家々の庭にはライラックやしゃくなげが咲き誇り、広場では、まばらな見物人の拍手と歓声の中でクリケットのゲームが進行している。何もかも、昔から見慣れているいつもの風景だ。それなのに、何かが間違っているという気がしてならないのはなぜだろう。アレックスの顔を見て以来しばし忘れていた得体の知れない不安が、再び押し寄せてくるのがわかった。

「アレックス、私……なんだか怖いわ」不安に耐えかねてつぶやいたセアラは、夫の横顔が急にこわばったのに気づいた。これ以上の心配をかけるのは気が引けるが、やはりどうしても黙ってはいられない。「気にするほどのことじゃないのかもしれないんだけれど……思い出せないのよ、事故に遭うまでの何日分かのことが」

アレックスの片手がハンドルを離れ、セアラの膝の上で小さく震えている手をしっかりと握り締めた。「よくある話だよ、心配することはない」彼は力強く言った。「大きなショックを受けたとき、その前後の記憶が一時的に消えてしまうのは、心が傷つくのを防ごうとする自衛本能だ。ショックが薄らげば、記憶もすぐに戻ってくるものだよ」

不意に、目の前の曲がり角の陰でけたたましいタイヤの音が響いた。一台の車が猛烈なスピードで飛び出してくる。アレックスは素早くセアラの手を放して両手でハンドルを操り、間一髪のところで衝突を避けた。無謀な車が飛ぶように走り去ったあと、彼は運転を続けながら罵声《ばせい》を飛ばした。「なんというスピード狂だ！　こっちが避けなければ、正面衝突して全員死亡の大事故になっていたところだぞ」

セアラは冷たい汗をかきながら座席の隅で小さくなっていた。危険は去ったとわかっても、歯の根の合わないほどの震えはどうしてもおさまってくれない。

「気分が悪いのか？」今までと打って変わった心配そうな声でアレックスがたずねた。

「いいえ。……もう大丈夫よ」セアラは無理に笑った。「私、すっかり臆病《おくびょう》者になってしまったようね。それに、今日や昨日のことも思い出せないのでは、脳の老化も始まったみたいだわ」

「僕のことは忘れずに覚えていたじゃないか」軽い口調に似ず、奇妙にかすれたアレックスの声を聞いて、セアラはかすかに苦笑した。

「何はさておき、あなたのことを忘れたりするものですか」アレックスを知る前の十九年間を、よくも平気な顔で生きていたものだと思うことが今でもしばしばある。確かになんの不満もない幸せな子ども時代だったし、思春期になってからは人並みに何人かのボーイフレンドも持った。学校を卒業すると同時に、地元の小さな新聞社の記者として、すんなり就職も決まった。しかし、自分の本当の人生は、アレックスと巡り会った時点から始まったとしか思えない。それまでのセアラ・カルスロップは世間知らずの純情な女の子という殻の中で眠っていた、さなぎのようなものだ。アレックスを知って初めて、彼女は一人の完全な女性として生まれ変わったのだ。アレックスこそ彼女の人生であり彼女の宇宙そのものだった。たとえ自分の名前を忘れるようなことになったとしても、命のある限り、アレックスを忘れることだけはないだろう。

セアラは夫の肩に頭を載せ、彼の上着にそっと頰ずりしながらつぶやいた。「……愛してるわ」

アレックスは返事の代わりに首を曲げて妻の唇に軽いキスをしたあと、再び姿勢を正して運転に専念し始めた。彼の肩にもたれたまま、セアラは満ち足りた思いで目を閉じていたが、車が村を通り過ぎて海沿いの道に出たということは、窓から吹きつける風の潮の香りでわかった。

家が近づいたという安心感のせいで、うとうととまどろんでしまったらしい。車が静かに止まった気配に、セアラははっと体を起こした。一瞬、神経が逆立ちしそうになったが、目の前の風景を見ると、すぐに心が落ち着いた。ようやく我が家に帰り着いたのだ。前庭に咲くライラックやすいかずらの花の香りが周囲に立ち込め、頭上にはいつもながらの鷗《かもめ》の声も聞こえる。

アレックスが車の前を回って助手席のドアを開けに来た。「部屋まで抱いていってやろう。今日は特別サービスだ」彼はおどけた口調で言い、妻を抱き上げてたくましい腕の中に抱え込んだ。

セアラは笑いながら夫の首筋につかまった。バハマへの新婚旅行から帰ったときも、こうして家まで運んでもらった。あれは眼下の海から吹き上げる冷たい風が枯れ枝を揺する晩秋の日だった。新婚旅行の二週間は最初から最後まで夢のように楽しく過ぎ去ったが、こうして運んでもらっているときは心細さのほうが先に立ったことも、よく覚えている。新婚気分が抜けたとたんに、アレックスは妻にも結婚生活にも飽きてしまうのではないかという不安で、胸が締めつけられたものだ。もちろん、そんな不安は四年間の結婚生活を送るうちにすっかり消えている。それなのに今もまた、理由のない心細さが襲ってくるのは、いったいなぜだろう。

セアラは夫の首筋にいっそう強くしがみつきながら、「こんなふうにして家の敷居をまたぐのは、これで二度目ね」と、ささやいた。

片手で玄関の鍵《かぎ》を開けて家の中に入ったアレックスは、ふと足を止めてまじまじと妻の顔をのぞき込んだ。彼の目の中に甘い欲望の光を認めたとたん、セアラの心臓は調子外れの不規則な動きを始めた。初めて性の喜びを知った当時のような、めくるめく欲望で体がかっと熱くなる。これもまた事故の後遺症の一つなのだろうか。

「この前のとき、ここで僕はキスのご褒美をもらったと思うんだが？」静かにつぶやきながらおりてきた唇めがけて、セアラは素早く顔を持ち上げた。唇と唇が重なり、とろけるような甘いキスが始まったが、アレックスは二人の情熱が燃えすぎるのを恐れるかのように、すぐに顔を上げてしまった。

しっかりと抱かれたまま階段をのぼりながら、セアラは夫の顔を下からそっと見上げた。顎や頬骨の辺りに、いつにない緊張の色がうかがえる。口には出さなくとも、病院からの電話を受けたときのショックがいまだに続いているらしい。そんなにまで夫から愛されているのだという幸福感が、胸にほのぼのと広がった。

大きなベッドの中央にそっと運びおろされたとき、セアラはほほ笑みながら夫を見上げて言った。「私、そんなに重かったかしら?」体力に自信を持っているはずのアレックスが、珍しく肩で息をしているのをからかったのだ。「甘えついでに、お願いしてもいい? ネグリジェを持ってきてほしいのよ」

アレックスは一瞬ぎくりとしたように背筋を伸ばしたが、その理由を言わないまま、ゆっくりときびすを返した。そして、寝室の壁に造りつけになっているワードローブの前へ行き、引き出しを片っ端から開けて中の衣類を引っくり返し始めた。

セアラはベッドの上から陽気な笑い声を飛ばした。「男の人って、どうしてこうさがし物が下手なのかしら。パジャマやネグリジェは、下着と同じ場所——ほら、いちばん上の引き出しにあるでしょ?」

言われた引き出しを急いで開けにかかった夫から目を離して、セアラは用心深くゆっくりと起き上がった。医師の注意を守ったおかげで傷口は痛まなかったが、ボタンを外そうとすると、レモン色のシルクのブラウスに血のしみが点々とついているのがわかった。袖《そで》も黒く汚れている。客車の床に倒れたとき、肘の辺りをこすったらしい。彼女は顔をしかめながらブラウスを脱ぎ、同様にあちこち汚れのついたグレーのスカートのファスナーをおろした。そこへ、ようやくアレックスが戻ってきて、ほっとしたような声で言った。

「これでいいのかい？」

差し出された薄手のネグリジェを見て、セアラは目を丸くした。「こんなの、どこから見つけてきたの？」包装を解いたばかりのような、純白のシルクのネグリジェだ。「これ、私のじゃないわよ」

「君のだよ。去年のクリスマスに僕が買ってあげただろう？」

セアラは首をかしげて考え込もうとしたが、アレックスの目が自分の下着姿をしげしげと観察しているのに気づくと、たちまち体がほてって考え事をするどころではなくなってしまった。初めて夫婦として結ばれた夜のように全身が震え、夫を求める思いが異常なほど新鮮な強さで突き上げてくる。

アレックスはネグリジェをベッドの枕もとに置き、床の上にゆっくりと膝を突きながら妻の口を甘いキスで覆った。彼の指先が白い肩口に舞いおり、レースで縁取りをした薄いスリップの中へと滑り込む。二つのてのひらで両胸をすっぽりと覆われ、彼女はしだいに情熱の度を増すキスの感触に浸りながら、かすれたうめき声をあげた。

しかし、セアラは間もなく体を引いて、やや調子の外れた声で笑った。「ダーリン、残念だけど、このぐらいにしておいてくれない？　私、お医者様に言われてしまったのよ――しばらくは運動を慎むようにって」顔をしかめ、再び肩で息をしながら立ち上がったアレックスを、彼女は楽しそうな光の躍る緑色の目で見上げた。

「確かにそのとおりだ。僕も医師から言われたのに、うっかり忘れていた」アレックスは申し訳なさそうに言った。「早くネグリジェに着替えて横になったほうがいい。僕は下に行ってスクランブルエッグでもこしらえてこよう。飲み物はホットミルクでいいかな？　食べて飲んだら、早めに眠ることだ」

「誰かさんに安眠を妨害されなければ、ね」セアラは白いネグリジェを広げながらからかった。スリップを脱ぎ、ネグリジェを頭からかぶりながら、ふと戸口に目をやると、アレックスはまだ戸口に立って妻の着替えを見つめていた。「のぞき見するなんて、悪い子ねえ」セアラは怖い顔で言ってベッドの中に潜り込み、戸口に向かって派手な投げキスを送った。アレックスの姿が戸口から消え、階段を二段ずつ駆けおりていく大きな足音が聞こえた。大きな子どものようだと思いながらセアラはほほ笑んだが、その笑みは長く続かなかった。アレックスからプレゼントされたネグリジェまで見忘れるようでは、ほかにもずいぶん多くのことが記憶の網の外に抜け落ちているのかもしれない。その記憶が戻るまで、どのぐらいの日数がかかるのだろう。アレックスも内心ではずいぶん心配してくれているようだ。記憶をなくしたという話を聞いても、深刻に心配するほどのことではないと教えてくれたし、彼の表情や態度も一見、平素と少しも変わっていないが、それが演技だということは、四年も連れ添ってきた妻の直感でわかる。病院の控え室に入ってきたときから、彼の異常なまでの緊張がはっきりと伝わってきているのだ。アレックスは何を心配しているのだろう。レントゲンの検査結果について、医師からこっそり何かを打ち明けられたのだろうか。しかし、重大な症状の起こりそうな兆候でも見られたのなら、あんなにもあっさりと退院を許されたりしないはずだ。いったい、アレックスは何を隠しているのだろう。

3

誰かがベッドに入ってきた気配を感じて、セアラははっと目を覚ました。一瞬、頭が混乱したが……。「アレックスなの？」眠い目をやっと開けてみると、やはりアレックスが横になろうとしていた。窓からの月明かりが逆光になって、顔はよく見えない。「そうだよ。安心してお眠り」穏やかな声がささやいたが、本当に寝かしつけたいのかどうか、遠慮がちに伸びてきた手がネグリジェの腰の辺りを静かにさすり始めた。セアラはそっと笑いを嚙《か》み殺した。アレックスはさっき、できたてのスクランブルエッグを一さじずつ食べさせてくれる間も、まるで魅入られたように私の顔ばかり見つめていた。

この四年間、彼の愛を疑ったことは一度もないが、その愛をもう少し言葉や態度に表してもらえたらと、やや物足りなく感じることもないではなかった。そのアレックスが、日ごろ寄りつきもしない台所に自分で立ったばかりか、手ずから食事を食べさせてくれたのだ。夫の愛の深さに改めて胸が熱くなる思いだった。

セアラは静かに寝返りを打ち、背中を夫の体にぴったりと押しつけた。温かい手が伸びてきてみぞおちの辺りを優しく押さえてくれる。

「おやすみ、セアラ」うなじに軽いキスをしながら、アレックスがささやいた。「ぐっすり眠るんだよ」

しかし、いったん目覚めたセアラの頭は眠りの世界に戻る代わりに、失われた記憶を求めて活発に働き始めてしまった。このネグリジェは去年のクリスマスプレゼントだと言われたのだから、そのころからの記憶を順ぐりにたどることで、何か手がかりがつかめるかもしれない。去年のクリスマス当日は、この家から一歩も出ずに二人きりで過ごしたはずだ。翌二十六日は晴れ上がった寒い日だった。両親から昼食に招かれ、散歩がてら歩いて実家へ行ったので、よく覚えている。二羽の鴎《かもめ》が一匹の小魚を奪い合って夢中で格闘しているところへ行き合わせ、人間に気づいて大慌てで空へ飛び立つ鳥たちを見ながら二人で笑い転げたものだ。プレゼントの包みを開けたのは実家から帰ったあとだ。アレックスに贈った品は映画関係の本数冊とモダンジャズの新譜レコードを一枚？　そう。たしか、それだけだ。逆に彼からは、文字どおり山のようなプレゼントが来た。考えてみれば、半年近くも過ぎた今、あのときにもらった品々を一つももらさずに思い出そうとするほうが無理な話なのだから、このネグリジェの件に限っては、昨日の事故と無関係と思ってよさそうだ。

ほんの少しほっとした思いで、セアラは夫の静かな寝息に耳を傾けた。こうして全身にアレックスの肌のぬくもりを感じていると、実に平和で穏やかな気分になれる。あえて欲を言えば、二人の愛の結晶とも言える子どものいないことだけが残念だが……。

子どもの話になると、なぜアレックスはあんなにも気短に怒り始めるのだろう。むしろ、物心もつかないうちに両親と死別した彼のほうが、より熱心に我が子を欲しがってもいいはずだ。幼いころの体験の何かが彼を子ども嫌いにさせているのだろうか。しかし、ロンドンの児童養護施設で育ったというのが、彼の子ども時代について今までに知り得た事実のすべてだ。それ以上のことをきき出そうとすると、とたんにアレックスのすさまじい怒りを買うことになってしまう。

夜の岸辺に打ち寄せる波の音を聞きながら、セアラの思いはアレックスとの初めての出会いのころにまでさかのぼっていった。地元の読者だけを対象に細々と発行されている新聞にとって、近年、海辺のあき家を買った男が実は新進の売れっ子映画監督だったという事実は、見逃せない一大ニュースだった。編集長はさっそく電話で会見を申し込んだが、ろくに本題に入らないうちに〝聞いたこともない新聞に用はない〟と、電話を切られてしまった。そこで彼は、入社したての新米記者ながらも紅一点のセアラに抜き打ちの特別攻撃を命じ、できるだけセクシーなドレスを着て流し目を使いながら敵に接近しろと助言した。「ああいう手合いに限って、女にはめっぽう弱いものさ」というのが彼の意見だった。

今にして思えば、女を売り物にするほどの度胸を持ち合わせていなかったことが幸いだったようだ。もし編集長の作戦に従っていたなら、間違いなく玄関先で追い払われていたことだろう。セクシーなドレスの代わりに、真っ白なデニムのブレザーとズボンに身を包んだセアラは、決死の思いでこわごわ玄関のドアをノックした。風の強い日だったので、せっかく整えてきたヘアスタイルはめちゃめちゃになってしまい、そのことだけでも泣きだしたい気分だった。

しかし、アレックスは、すっかり上がって口も満足にきけないでいる新米女性記者を見て愉快になったのか、セアラを家の中に招き入れて飲み物を勧め、問われもしないことまですらすらと語って、りっぱな会見記事をほとんど自分で作り上げてしまった。そればかりか、別れ際には翌日の夕食に誘って、彼女を危うく気絶させかけた。

その日を境に二人は頻繁にデートを重ねるようになったが、一目でアレックスの魅力に取りつかれたセアラには自分の幸運が信じられない思いだった。家族や友人も、華やかな女性関係で噂《うわさ》を振りまいてきた三十三歳の映画監督が、世間もろくに知らない十九歳の小娘と本気で交際するはずはないと決めてかかった。ましてや、彼の口から〝結婚〟という言葉が飛び出そうなどとは、セアラ自身も含めて誰一人として考えもしなかった。

アレックスが正気で結婚を申し込んでいるのだということがようやく理解できたとたん、セアラは大急ぎで承諾の返事をしたが、夢見心地で家に帰って一人きりになると、彼の真意について深く考え込まずにいられなかった。富も名誉も不動のものになった今、血を分けた我が子という〝肉親〟を切望するようになったというのが本音なのだろうか。

それ以外に考えられないと当時のセアラは思った。アレックスの家族関係について質問し、〝血縁者など一人もいない天涯孤独の身だ〟という返事を聞かされたときは、それが文字どおりの意味だとはなかなか信じられなかった。近しい身内はいなくとも、同じ血筋につながる遠縁の親戚《しんせき》なら、必ずどこかにいそうなものだ。しかし、その点を探り出す試みが彼の逆鱗《げきりん》に触れるということは、何度かの苦い経験によって充分すぎるほどわかっていた。子ども時代の思い出についても同様で、アレックスが抵抗なくしゃべってくれるのは、十七歳の年にカメラマン助手としてテレビ局に採用されて以降の人生だけだ。二十五歳のとき、すでに番組プロデューサーとしての高い評価を得始めていた彼は、初めて劇場映画の分野に進出した。監督としてのデビュー第一作目は映画史に残る大ヒットとなり、彼の名声は一挙に高まった。今や彼は、いかなる会社にも縛られない自由契約の監督として自分の気に入った作品だけを手がけながら、劇場映画とテレビ映画の双方に数々の名作やヒット作を飛ばし続けている。

セアラの予想に反して、アレックスは子どもを欲しがる気配をつゆほども見せなかった。結婚して一年たち、二年たつうち、彼女はしだいにもどかしくなり、さりげない形で時おり子どものことを話題にするようになった。愛する夫の子どもを産み育てる喜びを、一日も早く味わいたかったのだ。最初のうち、アレックスは「まだ早いよ」と、笑い飛ばしていたが、やがて、妻が〝子ども〟という一言を口にしただけで、顔色を変えて怒りだすようになった。なぜだろう。なぜ子どもを産むことを許してくれないのだろう。母親になりたいという願望は日を追って強くなるばかりなのに……。

セアラは小さなため息をつきながら枕《まくら》の上で頭の位置を変えた。すると、体を後ろから抱いてくれている腕に力が加わり、耳もとに優しいささやきが聞こえた。「眠れないのか？　傷が痛むのかい？」

「痛むというほどでもないんだけど……」セアラはあいまいに言葉を濁してベッドの中で手足を伸ばした。最近ではアレックスを怒らせないための逃げ口上が自然と身についてしまったような気がするが、ここまで夫に気をつかうのは正しいことなのだろうか。そんな疑問が頭をかすめることもたまにある。夫の好む色やデザインの服を身に着け、夫の勧める本を読み、物事の判断も一から十まで夫に任せるという生活に、特別な不満を感じているというわけではない。今のままで充分に幸せなのだが……。

「病院から睡眠薬をもらってあるんだ。のみたいなら、持ってこようか？」と、アレックスがたずねた。

「いらないわ、今はまだ」セアラは闇《やみ》の中で小さくかぶりを振り、背中をさらにぴったりと夫の体に押しつけた。温かい大きなてのひらが、胸の辺りを優しくさすってくれる。

「そうしてもらうのが、何よりの睡眠薬よ」彼女はほほ笑みながらつぶやいた。

「そうかい？」と、しわがれた声が聞こえたあと、アレックスの手は短いネグリジェの裾《すそ》をたくし上げて、柔らかな太ももをさすり始めた。

「私、どこへ行くところだったの？」セアラは不意に自分の悩みを思い出してたずねた。

「あの列車で、どこへ行こうとしていたの？」

「ロンドンだよ。しかし、記憶を取り戻そうとして焦るのは、かえってよくないぞ」アレックスはセアラの背中に顔をこすりつけた。「さあ、お眠り」

「でも、眠れないのよ、気になって」

「じゃあ、眠れるようにしてやろう」長い指先が突然、官能的な巧妙な動きを始めた。セアラの体は一気に燃え上がり、熱い震えが全身を駆け巡った。

「いけないのよ、こんなこと」と、セアラはつぶやいたが、彼女の両手はひとりでに後ろへ回っていって、豊かな黒髪を強く握り締めていた。

アレックスは妻の体をそっとあお向けにし、その上に覆いかぶさりながら、むさぼるようなキスで唇を攻め立てた。やがて、名残惜しげに唇から離れたキスは彼女の手首へと移り、そこから肩口へ向けて、むき出しの白い腕をゆっくりとはい上がってきた。キスの合間ごとに、嵐《あらし》のような吐息がアレックスの口からもれ出る。苦悶《くもん》のうめきのような低いつぶやきも聞こえた。「我ながら、よくも一人寝の寂しさに耐えてきたものだと思うよ」

セアラは闇の中で眉を寄せた。「あなた、一人でどこかへ行ってたの？」そんなことまで忘れてしまったのだろうか。「海外ロケ？　いつ帰ったの？」

「おしゃべりはよしたまえ」アレックスはもどかしげな声で命令し、さらに質問を続けようとしたセアラの口を情熱的なキスで封じた。

しかし、記憶にある限り初めて、セアラは夫の愛撫《あいぶ》の中に溶け込むことができなかった。

「お願いだから待ってちょうだい、アレックス」彼女は夫の唇から必死に逃れながら訴えた。「私は、いつごろからの記憶をなくしているの？　今が六月だということは覚えているわ。なぜか、それだけは忘れていなかったの。去年のクリスマスのことも、ちゃんと思い出せるけど……春の復活祭には何があったかしら」セアラは眉を寄せかけたが、すぐに晴れ晴れとした思いでほほ笑んだ。「そうだわ。アーモンドチョコをどっさり詰め込んだ卵――おばけみたいに大きな銀色の卵をあなたからもらったのよね。それを次の日にジャニーの家へ持っていったら、あっという間にチョコレートを子どもたちに食べられてしまったんだわ。あの日はロバートやジェームズも家族連れで姉の家へ来ていたんですもの。ほら、だんだん思い出してきたでしょ？　今年の復活祭は……四月のはじめだったわ。すると、あなたが海外ロケに出たのは、それよりもあとということになるわね」

アレックスはセアラの顔を真上から険しい表情で見おろしていたが、やにわに体を離し、くるりと背中を向けながらベッドの上に寝転んだ。「焦るなと言っただろう？　無理をせず、記憶が自然と戻ってくるのを待っていればいいんだ！」

大きな背中の向こう側から聞こえてきた荒々しい声の中に、セアラは夫が無理やりねじ伏せている強い怒りを感じ取った。欲望の高ぶりが不発に終わったことに腹を立てているらしい。結婚した当初も、ベッドの中で夫が命じることに従わなかったり、はじらいを感じてためらったときなどは、しばしば彼の激しい怒りに触れてすくみ上がったものだ。

アレックスはあらゆる意味で妻を完全に自分のものにしたがっていた。より正確には〝自分一人だけのものに〟と言うべきかもしれない。長期の海外ロケに出ているときでさえ、彼はセアラが家をあけることを好まなかった。世界のどこにいようとも、夜には必ず家に電話を入れて妻を質問攻めにした。天気はどうか。庭にどんな花が咲いたか。どんな本を読み、今、なんのレコードを聞いているか……。ロケ地が移動するたびごとに、セアラは美しい風景写真の印刷された絵葉書を受け取り、彼女自身も毎晩、一日の出来事をすべて手紙にしたためて夫のもとに送った。

一方、セアラは仕事先にいるアレックスの生活をほとんど知らなかった。仕事のうえで親しくつき合っている友人たちに紹介されたこともめったにないし、ロンドンにある彼の事務所に連れていかれたこともなかった。ただし、仕事以外でなら、二人そろって外出することがないではなかった。バハマやカナリー諸島で短い休日を楽しんだこともある。しかし、アレックスが最も幸せそうに見えるのは、潮騒《しおさい》の聞こえる海辺の我が家で夫婦水入らずの時間を過ごしているときだ。そして、彼が幸せでありさえすれば、それがセアラにとっても最高の幸せだった。

「ごめんなさい、アレックス」セアラは小さな声でつぶやきながら夫の背中にすり寄った。

「お願いだから、もう機嫌を直してよ」

「僕は怒ってなんかいないよ」アレックスは穏やかに言いながら寝返りを打って妻を優しく抱き寄せた。「こうしていてあげるから、もう安心してお眠り」彼の体のぬくもりに包まれて、セアラはやがて徐々に眠りの中へと誘い込まれていった。

夢とも現実ともつかないさまざまな記憶の断片が激しい渦となって頭の中を駆け巡るのを感じながら、セアラはゆっくりと目を覚ました。失われた記憶に、あと一息で手が届きそうな気もする。この渦のどこかをしっかりとつかまえることさえできたら……。

突然、階下に父の声が聞こえた。残っていた眠気が吹き飛ぶのを感じながら急いで目を開けてみると、朝日の差し込む部屋にアレックスの姿はなかった。もうとっくに起きて階下に行ったあとらしい。セアラは用心深く起き上がって父の声に耳を傾けた。

「いくらなんでもこれは無茶すぎるぞ、アレックス。危険だということがわからないのか?」日ごろの父にも似合わない、ひどくいきり立ったような声だ。それに答えているアレックスの声にも切迫したような強い響きが感じられるが、あまりに早口なので言葉を聞き取ることはできない。ふだんはあんなに仲のよい二人が、いったい何を言い争っているのだろう。しかも、こんな朝早くから……。今度は再び父がしゃべりだしたが、やや声が低くなったせいか、〝大それた〟という言葉と〝無分別の極み〟というところがかろうじて聞き取れたきりだ。

セアラはベッドをおりてワードローブの前に行き、細めに開けたドアの中に手を差し込んで階下へ着ていくガウンを手探りでさがした。しかし、手に触れるのは、なぜかアレックスの衣類ばかりだ。彼女は驚いてドアを大きく開けた。ほかのドアも次々に全部開けてみたが、中にあるのはすべて男物の上着やズボンやワイシャツだけ。女物の衣類は一枚も下がっていない。なぜだろう。衣類の配置替えをしたとしても、わざわざ寝室以外の場所に運び去る理由はないはずなのに。

そのとき、階下のドアが地響きをたてて閉まった。車のエンジンをかける音も聞こえる。父は帰ってしまうのだろうか、娘の顔も見ずに？　その問いに答えるかのように、静かな足音が階段をのぼってきた。

アレックスの顔が戸口に現れるやいなや、セアラは待ちかねた思いで言った。「もし知ってたら教えてくれない？――私の服や下着がどこにあるのか」

アレックスは一瞬、不意を打たれたようにまばたきしたが、すぐにおどけた顔で妻をにらみつけた。「君は医師から二日間の絶対安静を申し渡されたんだぞ。無断でベッドから抜け出すとは、実にけしからん」彼は急ぎ足で歩み寄ってセアラを抱え上げ、壊れ物を扱うようにそっとベッドの上に運びおろした。「さあ、これでいい。今、朝食を持ってきてあげるから、いい子で待っているんだぞ」

「父は私の様子を見に来てくれたんでしょ？　どうしてさっさと帰ってしまったのかしら」セアラは上がけを整えてくれている夫を不満顔で見上げた。

「まだ眠っているはずだと僕が言ったんだよ」アレックスは洗いざらしのジーンズの腰に片手を当て、もう片方の手で豊かな黒髪をなで上げた。「朝食は燻製鰊《キッパー》でいいかい？」

「果物のほかは何もいらないわ。それより、私、自分の服をどこへ片づけてしまったのかしら」それさえわかれば、残りの記憶もいっしょに戻ってきそうな気がするのだが……。

しかし、アレックスは早くも戸口に向けて歩き始めていた。「今の君に必要なのは服よりまず、充分な休息と栄養だ。朝食を果物だけで済ませるなど、もってのほかだぞ。君がなんと言おうが、僕はキッパーを持ってくる」彼はセアラが呼び止めるのを無視して走り去ってしまった。ちょうど電話のベルが鳴り始め、アレックスが受話器を取って低い声で応対し始めた。

セアラは一つため息をつき、部屋の向こうのワードローブをうつろな目で見つめた。考えられることと言えば……最近、アレックスとけんかをした？　腹立ち紛れに自分の身のまわり品を二つある客用寝室のどちらかに移し、そこで生活するようになっていたのだろうか。だとすれば、昨夜の彼が口にした〝一人寝の寂しさ〟という言葉や、病院に迎えに来てくれて以来の、どこか不自然な態度も説明がつく。

突然、思いがけない場面がセアラの脳裏に浮かび上がってぞっとした。彼女はこの部屋いっぱいに広げた衣類の山を、ありったけのスーツケースに詰め込もうとしていた。その日は一日ずっと泣いていたような気がする。荷造りをする手が震え、そこに絶えず涙がしたたり落ちたようにも……。

そのときの自分の心の中をセアラは懸命にのぞき見ようとしたが、記憶は逃げ水のように遠のいて再び空白の中へと溶け込んでしまった。しかし、すべての衣類を自分で荷造りしたことがあるというのは、たぶん間違いない事実だ。泣きながら荷造りをして、どこへ行こうとしていたのだろう。そのときアレックスはどこにいたのだろう。

病院の窓口で戻された手荷物は小さな旅行バッグが一個きりだ。すると、ほかの荷物は、あのまま列車で終点のロンドンに行ってしまったのだろうか。スーツケース類には住所と名前を書いた札が以前から取りつけてあるから、遅かれ早かれ手もとに戻ってはくるだろうが……。

記憶を呼び戻そうとするのに疲れ果てててため息をついたとき、階段をのぼってくる足音が聞こえ、数秒後、トレイを持ったアレックスが部屋に入ってきた。かすかに漂ってくるキッパーの香りをかいだとたん、セアラは急に食欲を感じて起き上がった。

アレックスはトレイを彼女の膝のところに載せ、背中の後ろに枕を積み重ねて背もたれを作った。

「一日中ベッドの中にいなくちゃいけないのかと思うと、今から飽き飽きしてしまうわ」と言いながら、セアラは夫の顔をうっとりと見つめた。近代文明の象徴のような映画やテレビの世界を生きながら、どうしてこれほど野性的な魅力を保ち続けていられるのだろう。鷹《たか》のような鋭い目のせい？　それとも、肉親の情愛に触れることのなかった孤独な生い立ちが、こういう険しい風貌《ふうぼう》を作り上げたのだろうか。

「つまらないいだだをこねていないで、冷めないうちに食べておしまい」アレックスが笑いながら言った。

「軽いものを読むぐらいならかまわないでしょ？」しぼりたてのオレンジジュースを口に運びながら、セアラは哀願をこめた笑みを夫に送った。「そうだわ、新聞を持ってきてちょうだい」

「今日は村へ行く予定がないし、このところ新聞は買っていないんだ」と、そっけなく答えたあとで、アレックスは妥協するような笑みを浮かべた。「その代わり、最近買った推理小説を持ってこよう。あれなら気軽に楽しく読めるだろう」

「ついでにラジオも持ってきてちょうだい」セアラは戸口に去りかけた夫の背中に向かって甘えた声をかけた。「私、音楽も聴きたいの」

「だったら、レコードを持ってくるよ。騒々しいおしゃべりまで聞きたくはないだろう？」という返事を残して、アレックスは階段を駆けおりていった。

セアラはキッパーをきれいに平らげ、コーヒーも一杯で足りずに二杯目をポットからついだ。いつもよりかなり薄めにいれてあるのは、強い刺激物が傷に障ることを恐れての配慮だろう。結婚して以来、アレックスがこんなにも細やかな気配りを見せてくれたのは初めてだと思いながら、彼女は幸せな笑みに口もとをほころばした。

階下で再び電話のベルが鳴り、アレックスが気ぜわしげに受話器を取りに行く足音が聞こえた。しばしば居留守を使いたがるほど電話嫌いの彼も、気の毒に当分は自分で電話に出る以外になさそうだ。

朝食を終えたセアラはトレイをベッドの足もとの床におろしたが、体を起こしたとたんに傷口に激しい痛みが走り、しばらくは枕に体を預けたまま息もせずに目を閉じていなければならなかった。つい油断して、急激に体を動かした報いらしい。

「どうした？」極度の不安をにじませた声が戸口の方角から飛んできた。急いで目を開けてみると、ポータブルプレイヤーを抱えたアレックスが戸口で凍りついたように棒立ちになっている。セアラは大急ぎで笑顔を取りつくろった。

「おとなしく食後の休息をとっていただけよ。いい子でしょ？」さっきの痛みのせいで、いまだにめまいがおさまらないなどと、どうして言えるだろう。

アレックスはほっとしたように部屋の中へ入ってベッド脇《わき》のテーブルにプレイヤーをセットした。そして再び階下へ戻っていったかと思うと、すぐに一抱えのレコードと本を一冊、それに原稿を何冊もとじた厚いファイルを持ってきた。例の推理小説だよと言って彼は本をセアラに渡し、ファイルのほうは窓際の椅子の上に持っていった。「僕もここで調べ物をしようと思うんだが、邪魔かい？」

邪魔どころか、これほどうれしいことはないと言う代わりに、セアラは意地悪く考え込むふりをして「どうかしら。まず、やってみましょうよ」と答え、アレックスの顔を見て吹き出した。「ごめんなさい。機嫌を直してレコードをかけてよ。ビリー・ジョエルのLPも持ってきてくれた？」

アレックスは注文されたLPをセットしてから窓際の椅子に座って原稿を読み始めた。白いカーペットに投げ出した長い脚が、ビリー・ジョエルの歌う軽快な曲に合わせて軽くリズムをとっている。そのカーペットも、彼の座っているピンクのビロード張りの椅子も、両親からの結婚祝い金の中からセアラが買ったものだ。

アレックスは住まいに対する関心が薄いと見え、あき家を買って越してきてからというもの、ほとんど何一つ改装の手を加えていなかった。セアラが嫁いできた当初は、掃除こそ行き届いていたものの、どこか殺伐とした空気が家の中に漂っていたものだ。そこで彼女は、ここを〝家庭〟にふさわしい温かみのある空間に変身させようと思い立ち、真っ先に寝室の改装に手をつけた。家具を買い入れ、古い板壁に壁紙を張り、カーテンも取り替えた。そして、アレックスの長期ロケのたびごとに少しずつ仕事を続け、二年あまりで、ついに家中を改装してしまった。

しかし、奇妙なものだとセアラは心の中で苦笑した。いざ、念願どおりの住まいが完成すると、張り合いがなくなったせいか気分が妙に落ち着きを失い、新たな改装の手を入れる場所はないものかと、家の中のあらを必死でさがすようになっていた。

窓辺のアレックスは、いつもながらの驚異的なスピードで原稿に目を通していた。郵便の配達のたびごとに有名無名の脚本家たちのシナリオ原稿が山のように届くので、人の数倍もの速読力がなくてはとうてい仕事にならないのだろう。彼は読み終えた原稿を次々に椅子の下に落としては次の作品に移っていたが、ようやく何冊目かに少し興味を引かれたらしい。彼がその作品を最初から読み直し始めたのを見て、セアラも渡された本に注意を集中させ、たちまちストーリーの中へと引き込まれていった。

名探偵の活躍ぶりに心を奪われながら本を半分ほど読み進んだころ、アレックスの大きなため息が聞こえた。見るとファイルは空になり、原稿の束はすべて床の上に捨てられて小さな山を作っていた。

「今日はめぼしい作品がなかったの？」

「そういうことだ」アレックスは原稿を無造作に集めてファイルに挟み直した。そして、ベッド脇に来てレコードを取り替えようとしたが、朝から数枚のLPを立て続けに聞いたセアラが少し休憩したくなったと言うと、彼は笑顔でうなずいてプレイヤーのスイッチを切った。「昼食には何を食べたい？」

「サラダの材料はあるの？」何気なく問い返したとたん、セアラはふと眉を寄せた。ひどく寒々とした惨めな思いが胸に突き上げてくる。記憶の空白部分から、また何かが浮かび上がろうとしているらしい。

「どうした？　傷が痛むのか？」

心配そうなアレックスの声で、よみがえりかけた何かはたちまち消えていき、泣きたいほどの悲しさと心細さだけが胸に残った。「いいえ。でも、なんだか……怖いのよ」セアラは両手を伸ばして夫にしがみつきながらささやいた。「記憶の戻らないことが原因で、そのうちおかしくなるんじゃないかしら」

アレックスは妻を抱き寄せて鳶《とび》色の髪を優しくなでさすった。「つまらないことを考えるのはおよし。こんなにも愛している僕がついているんだ、何も怖がることはないよ」彼はそのままセアラをそっとベッドの上に押し倒し、不安で冷たくなった唇に火のような情熱的なキスを浴びせ始めた。その情熱を自分の体に呼び込みたくて、セアラ自身もまた激しいキスを返した。こうしている限り、さっきのような不安に足もとをすくわれるおそれは絶対にない。たとえ何を思い出してしまっても、怖くは……。

何を思い出してしまっても？　すると、記憶が戻ることを実は恐れていたのだろうか。どうやら、それが不安の原因だったようだ。すべての記憶が戻った瞬間、何か恐ろしい事実が露呈するような不吉な予感が、胸の中で刻一刻大きくなっていくのがわかる。記憶の中の、今は空白にしか見えない画面の後ろ側に、ひどく忌まわしい事実をたくわえ込んだ黒い濁流が渦巻いているような気がする。記憶が戻ると同時に濁流は一気にダムを越えて襲いかかり、この幸せを、平和を、そして愛するアレックスをもどこかへ運び去ってしまうのではないだろうか。今、こんなにも確かな愛で結ばれているように見える二人も、そのときが来たら……。

セアラは小さくかぶりを振りながら唇を離し、夫の首筋にすがりついてささやいた。

「お願い、アレックス。私を一人にしないでちょうだい。私を置いて一人でどこかへ行ってしまわないでちょうだい」

「そんなこと、誰がするものか！」まるで妻の不安が乗り移ったような荒々しい声でアレックスが答えたとき、フルスピードで近づいてくる車の音が聞こえた。彼はぎくりとしたように頭を上げて耳を澄ました。車のスピードが落ち、家の玄関の付近でブレーキの音が聞こえたからには、間違いなくこの家に来た車だ。セアラはなんとなく救われた思いになった。

「きっと父だわ。たぶん、母もいっしょに……」

彼女のつぶやきが終わらないうちに、アレックスはベッドからはね起きて窓に駆け寄っていた。そして、ちらりと窓の外を見おろすと、ものも言わずに部屋から飛び出していった。

階段を駆けおりていく大きな足音を聞きながら、セアラはベッドの上で目を丸くした。アレックスはなぜ、あんなに血相を変えて階下に駆けつけていったのだろう。しかも、単に驚いて飛び上がったというだけでなく、おぞましいものでも見せられたような激しい怒りが顔に表れていた。父や母が娘の見舞いに来たことを怒る理由が何かあるのだろうか。思い返してみると、先刻もれ聞こえた父の声も、明らかにけんか腰だったし……。

セアラはふらつく足を踏み締めて窓際へ行き、窓の下枠で体を支えながら前庭を見おろした。玄関前に止まっていたのは父の愛車の《貴婦人》と似ても似つかない、真っ白なスポーツカーだった。今まさに、運転席のドアが開いて長い女性の脚と金髪の頭が外に出てくるところだ。顔はまだ見えなかったものの、その女性が誰かは、瞬時に理解できた。

セアラはしゃくり上げるように大きく息を吸い込んだ。頭の中のダムが決壊し、せき止められていた黒い濁流が轟音《ごうおん》をあげて襲いかかってきた。

4

頭の割れるような強い耳鳴りの向こうから、怒りをにじませたアレックスの声が聞こえてきた。「勝手に来ていいと、誰が言った?」

セアラは体が大きく後ろに傾こうとするのを感じ、そばの椅子に急いで腰をおろした。十分ほど前までアレックスが座っていたビロード張りの椅子だ。

「LJよ。大至急あなたに読ませたいシナリオがあるからって、私がお使いを命じられたわけ。これこそ、あなたご待望の作品だそうよ」冷たく気取った声がアレックスの問いに答える。セアラの全身から冷たい汗が噴き出た。

マドリーン・ベントリーと初めて顔を合わせたときも、セアラはなぜか冷や汗のにじむような悪寒を感じたものだ。極度に洗練された優雅さ、都会的センス、過剰なまでの自信と自己主張の強さ——あらゆる面で、マドリーンはアレックスの本来の好みと完全に合致する女性のように見えた。セアラ自身とは、まさに正反対の女性のように思えた。

もっとも、たぶんそういう女性であろうということは、会う前からおおよそわかっていた。その数カ月前にマドリーンがアレックスの新しい秘書として採用されて以来、電話では何度も話をしていたからだ。彼女からの初めての電話を受けたときに聞かされたのが、〝アレックスを電話口にお願いできます?〟という、なれなれしくも横柄な美しい声だった。以来、電話のたびに、マドリーンは自分が用があるのはアレックスただ一人であり、言葉づかいにまで幼さの残るような田舎女など、一刻も早く電話口から消えてほしいということを、取り澄ました声の調子で明確に教えてくれた。今にして思えば、あの初対面のときの悪寒は、そのあとに起こった事態を女の第六感がいち早く予知して騒ぎ立てたせいだったのかもしれない。

「たかが原稿ぐらい、ポストに投函《とうかん》すればすむことなのに!」アレックスがいまいましげに悪態をつくと、マドリーンは銀の鈴を振るような声で笑い、二階で聞いているセアラを歯ぎしりさせた。

夫とマドリーン・ベントリーとの情事が暴露された日まで、セアラは憎しみというものをまったく知らずに来た。子ども時代は幸福な家庭と平和で静かな村、美しい自然に囲まれて育ち、アレックスを知ってからは彼の与えてくれる幸せに満足しきった平穏な結婚生活を送っていた。しかし、その幸せがうわべだけのにせ物だったとわかったとき、彼女は胸を焦がす憎悪の火のすさまじさに思わずたじろいだ。それほどまでに激しい感情が今までどこに隠れていたのかと思うと、自分で自分が怖くなったほどだ。

「ＬＪの性格ぐらい、とっくにわかっているでしょうに」マドリーンはせせら笑った。「このシナリオが金曜日に届いたとたん、彼の偉大な直感が何かをささやいたらしいわ。家へ持ち帰って読んでみたら、直感は大当たりで、すぐにも買い取り交渉に入りたいんだけど、その前にまず、あなたの感想を聞きたいんですって。この脚本の微妙な持ち味を画面に生かせる監督は、あなた以外いないそうよ」

「わかった。では、そのすばらしい作品とやらを、さっさと渡してもらおうか」

セアラは椅子の上にうずくまり、今にも口をついて飛び出しそうな凶暴な叫び声を必死に押さえつけていた。窓がやや腰高なので、座ってしまうと二人の姿は見えないが、話し声だけは海からの風に乗って驚くほど明瞭《めいりょう》に聞き取れる。その声が聞こえるたび、無数の矢を浴びたような痛みが全身に走った。

アレックスは妻が記憶の一部を失ったことに、いったいいつごろ気づいたのだろう。少なくとも、当人の告白を聞くより先に感づいていたことは確かと見てよさそうだ。でなければ、あんなに平然とした態度で〝よくある話だ〟などと気休めを言う代わりに、もっと別の反応を見せたに違いない。頭の回転の速いアレックスのことだから、控え室で待っていた妻が安堵《あんど》の色をあらわにしてすがりついてくるのを見た瞬間、すべてを悟ったのだろう。そして、思いがけず転がり込んできた機会を即座につかまえ、その機に乗じて妻を自由に操るための計画を練り始めたのだろう。

ほんの数日分の記憶を失ったように思っていた自分の甘さを、セアラは胸の中で口汚くののしった。去年のクリスマスと思ったのは一昨年のこと。今年の春の復活祭と思ったのは去年の春のこと――つまり去年の六月からまるまる一年分の記憶をなくしていたのだ。それを知りながら、アレックスは何をしただろう。〝焦るのはよくないぞ〟〝記憶が自然と戻ってくるのをお待ち〟と言って話題をそらし、何食わぬ顔でキスや愛撫《あいぶ》を……。セアラは急いで口を押さえながら低いうめき声をあげた。あんな男には、何か恐ろしい天罰が当たるべきだ。それより、この手で罰を与えたほうが手っ取り早いかもしれない。射殺、刺殺、絞殺、毒殺……人を殺す方法はいろいろあるけれど、人間の屑《くず》のような男を地上から抹殺する方法としては、どれも手ぬるすぎる気がする。なるべく時間をかけ、死の苦しみと恐怖をたっぷりと味わわせながら徐々に殺していく方法はないものだろうか。

銀の鈴を振るような笑い声が再び聞こえた。どうせ殺人に手を染めるのなら、一人殺すも二人殺すも同じことだ。あの笑い声の主も、アレックスの死の道連れにしてやりたいとセアラは思った。

「その顔をＬＪに見せたいものだわ。ずいぶんと気が進まない様子ね」と、マドリーンの声が言った。

「ほかにも読まなければいけない原稿を山ほど抱えていて、今日も朝からそれにかかりっきりだったんだ。今はもう、一行も読みたくないよ」心ここにあらずといった、実にそっけない声だ。たぶん、話し相手に気づかれないよう、ちらちらと二階の窓に目を配りながら、相手を早く追い返す方策を練っているのだろう。妻の記憶を回復させたければ、このマドリーンの姿を一目見せるだけで充分だということを、彼ほど頭のよい男が知らないはずはない。そういう悪賢い頭の持ち主だからこそ、妻の記憶喪失という絶好の機会にすぐさま飛びついたのだ。妻がどれだけ憎悪しているかを百も承知のうえで、まんまと妻のベッドに潜り込み、あわよくば既成事実を作って離婚にブレーキをかけようとした。そんなことをもしマドリーンに知られたら……。

セアラは不意に息を止めた。こんな単純なことになぜ今まで気づかなかったのだろう。アレックスは妻に愛人の姿を見られたくないのと同様、別居中の妻を家に連れ込んでいる現場を愛人に目撃されることも望んでいないはずだ。いくら優秀な頭脳でも、この窮地から脱出する手立てをさがすのは相当の苦労に違いない。彼女は声を殺して意地悪く笑った。

「冷たいものでも飲んで一休みしていけとは言ってもらえないのかしら？」しゃべり始めたマドリーンの声に、セアラははっと耳を澄ました。「私、百数十キロの道のりをひた走りに走ってきたのよ。朝の渋滞の中を出勤して職場にたどり着いたとたん、ＬＪが原稿を無理やり押しつけて、どうしても今日中にあなたに届けろって命令するんですもの」

「それなら、特急の宅配便業者を呼んでも用は足りたはずだ」アレックスの気短な声が応酬した。

「それより、私が自分で届けるほうがよさそうに思えたのよ。どうやら私の考え違いだったようね。私が来ては都合の悪いことでもあるの、ダーリン?」

そのとおりよ、と、セアラはアレックスの代わりにつぶやき、そして突然、今度は自分自身に向かってたずねた。私はなぜ、こんなところにこそこそと隠れているの? 隠れなければいけないような、どんな悪いことをしたの? 何もしていないわ、と、もう一人のセアラが答えた。記憶を失ったばかりに、あの二枚舌の卑劣漢の罠《わな》にはめられただけよ。

セアラは窓の下枠につかまって立ち上がった。アレックスは前庭の門の手前で玄関への小道をふさぐようにして立ちはだかっているので、大きな背中しか見えない。こちら向きに彼と向かい合っているマドリーン・ベントリーの全身を、彼女は憎しみと敵意のまなざしで眺め回した。真上から降りそそぐ太陽が、金髪の頭頂部に天使の冠のような丸い光の輪を作っている。ただし、その輪をかぶっている人物は天使と正反対の心の持ち主だ。身に着けているものは相変わらずシックな高級品ばかりのようだ。耳たぶと首にはパールが光り、シルクのスーツの裾《すそ》からは、長くて形のよい脚がこれ見よがしに伸びている。ファッション雑誌のグラビアを飾るにはうってつけでしょうけれど、あいにく、この平和な風景の中では目障りでしかないわよ、と、セアラは心の中で悪態をついた。

「なんだか、ひどくご機嫌斜めのご様子ね」アレックスからの返事を待ちくたびれたようにマドリーンが言った。恨みのこもった不満そうな声だが、それは無理もないだろう。文字どおり大手を広げて歓迎されるものと思えばこそ、遠い道のりをはるばる駆けつけてきたのだろうから。いずれにせよ、こういう薄汚い茶番劇を見せられるのは、もうたくさんだとセアラは思った。彼女は勢いよく窓を開けて初夏の微風の中に身を乗り出した。

マドリーンが目を丸くして二階を見上げたのと同時に、まるで背中に銃弾を受けた男のように、アレックスが大きく飛び上がって振り向いた。

本当に撃ってやればよかったとセアラは思ったが、そんな心の内をマドリーンに見せることは彼女の立てた計画に含まれていなかった。セアラは今にもとろけそうな笑みを浮かべ、本当は殺してやりたい男に向かって甘い鼻声で呼びかけた。「ねえ、ダーリンったら、いつまで私を待たせるの？」暖かいそよ風がノースリーブの肩口から吹き込み、大きくえぐれたネグリジェの胸をはためかせたが、それはまさしく計算どおりだった。

下から見上げる二つの顔は一様に口をあんぐりと開けたまま、テレビの静止画面さながらに動きを止めていた。それでも、妻が二階にいることを知っていた分だけ、アレックスのほうが条件は有利と言えるだろう。マドリーンのほうは幽霊の存在を信じたくなったという顔つきだった。とりわけ、その幽霊が肌もあらわなネグリジェ姿というところが気に食わない様子だ。逆転勝利とまでいかないにしても、セアラは少しだけ復讐《ふくしゅう》を果たしたような痛快な気分になった。アレックスの仰天ぶりもまた、かなりの見ものだった。彼への憎悪がこれほど激しくないときなら吹き出しているところだが、今でさえ、唇の端に笑いがこみ上げてきた。

一人の男を巡る三角関係に勝利した愛人が、その男の寝室の窓に、あられもない姿の女を目撃する。しかも、あろうことか、その女は闘いに敗れて家を出たはずの妻だった——こういう構図が世間のあちこちに転がっているとは思えないから、メロドラマのワンシーンに使ったらおもしろいかもしれない。なんらかの手段で殺す前に、死出の旅の土産としてアレックスに教えてあげてもよさそうだ。

「おやまあ」マドリーンがかすれた声を出した。幽霊ではないと、ようやく信じる気になったらしい。「ずいぶんと、お久しぶりね」

セアラは何も見ず、何も聞かなかったようにマドリーンを無視し、アレックスに向かって「早く帰ってきてね、ダーリン」と、甘い声を投げて窓から離れた。窓の下では、マドリーンが震える声でアレックスを問い詰めている。

「どうなってるの？　あなたたちは離婚するんじゃなかったの？　少なくとも私が聞いた話は……」

「僕は忙しいんだ」ぶっきらぼうな声に続いてアレックスの足音が門から玄関へと近づき、すさまじい音をたててドアが閉まった。三秒後、同じぐらいすさまじい音で車のドアが閉まり、マドリーンの車はタイヤをきしらせながら遠ざかっていった。

アレックスが寝室に入ってきたとき、セアラはベッドの上に倒れて肩で息をしながら戸口をにらみつけていた。こんな部屋、こんな家からは一秒でも早く出ていきたいが、今は息が苦しくて動けそうもないし、出ていく前にアレックスに言いたいことが山ほどある。多すぎて、何から始めればいいかわからないぐらいだ。

「ろくでなし」セアラは食いしばった歯のすき間から、しわがれた声を押し出した。「ぺてん師、詐欺師、卑怯者《ひきょう》」瓶の口からあふれるシャンペンのように、ののしりの言葉はあとからあとからわいてきた。

アレックスは戸口に立ったまま身じろぎもしなかった。そこにいさえすれば、ベッドから何を投げられても当たらないとわかっているからだろう。

「こんな卑怯なまねができるなんて、それでも人間なの?」アレックスは答えなかったが、セアラ自身も彼の返事に耳を貸すつもりは最初からなかった。「不潔などぶねずみより、あなたは千倍も万倍も不潔だわ。悪賢くって、抜け目がなくて、見下げ果てた人非人よ」セアラは相手と視線を合わせることを拒否し、アレックスのベルトの辺りをにらみつけながら雑言を吐き続けた。そのアレックスはベッドとの距離を充分に取ったまま、そろそろと横ばいに寝室の中に入ろうとしていた。「性悪の悪魔、嘘《うそ》つき、破廉恥、ならず者!」悪口雑言ばかりを集めた辞書を読み上げるように、言葉はすらすらと口をついて出てくる。

「こうする以外、やむを得なかったとは思わないのかい?」アレックスがベッドの足もと付近から放った堅い声を聞いて、セアラは思わず耳を疑った。

「やむを得なかった？　よくもぬけぬけと……」

「考えてもみたまえ」と言いながら、アレックスはベッドの端に腰をおろしたが、何かが飛んでくる場合に備えているのか、用心深い視線をセアラの顔からかたときも離そうとしなかった。「僕が最初から事情を話していたとしたら、それでなくてさえ事故のショックで傷ついていた君の心は二重の打撃に耐えかねて常軌を逸していたかもしれない。そう思えばこそ、僕はまず君を安心させることに主眼を置いたんだよ」

この期に及んでも平然と言い訳を思いつける頭のよさに、セアラは敵ながら感服してしまった。「気高い人道的見地からのご配慮だったというわけ？　あんなふうに私を……誘惑しようとしたことも？」アレックスに対する怒りと同時に、こんなところで顔を真っ赤にしてしまった自分に対しても腹が立ち、声が大きく震えた。間一髪のところでアレックスの毒牙《どくが》を逃れたものの、同じベッドで一夜を明かしてしまったことは事実だ。ありったけの憎しみをこめて彼女はアレックスをにらみつけた。

「君としては、僕が一方的に誘惑したというふうに思いたいらしいな」

落ち着き払った冷やかしの言葉を聞いたとたん、セアラは髪の毛が逆立つような感覚を味わった。「この……人でなし！」

「しかし、君は僕たちが極めて幸福な結婚生活を営んでいるように思い込んでいただろう？　僕はそういう夫婦にとって当然のことをしようとしたまでだよ――人間の本能の命ずるままに」

「本能……人間の？　盛りのついた野良猫の本能でしょ？」歯ぎしりしながら言い放ったセアラは、相手が急いで目を伏せて怒りを隠すのを見てほんの少しだけ気をよくした。頑丈な防弾チョッキをまとったアレックスの心にも、やはり弱点はあるらしい。「ところで、私の記憶喪失のことを実家の両親は知っているの？」

「もちろんだよ」アレックスはたちまち冷静さを取り戻して淡々と言った。「僕の取った措置についても、快い理解を示してもらっている」

「ほら、また嘘をついてるわ」セアラは押し殺した声でなじった。「私、今朝方の父の声をこの耳で聞いているのよ。あのときはなんのことだかかいもくわからなかったけれど、今になってみればわかりすぎるぐらいだわ。両親があなたのやり方に〝快い理解を示している〟ですって？　笑わせないでよ、あんな大声でどなられていたくせに。で、あなたはどんな嘘をついて父を追い払ったの？」

「僕はありのままを伝えただけさ――君が今でも僕を愛していることがわかったと」

あまりに穏やかで、あまりに自然な口調だったので、セアラは一瞬、何を言われたのか理解できず、目を丸くしてアレックスの顔を見つめた。

二秒後、彼女の顔は真紅に染まり、そして次にはすっかり血の気を失って紙のように白くなった。「改めてはっきり教えてあげるわ」と、セアラは耳障りなほどかすれた低い声を絞り出した。「私はあなたを憎んでいるの――こうして顔を合わせているだけでも、気分が悪くなりそうなくらい」

投げつけられた言葉の激しさに少しはたじろいだのか、それとも単なる怒りのせいなのか、アレックスの金褐色の目の中心で、黒い瞳が鋭い光を放った。浅黒い日焼けした顔がこわばり、唇は一文字に引き結ばれている。従順さの見本のようだった妻から、これほどあからさまな敵意をぶつけられるとは考えてもいなかったのだろう。だが、自分の中の感情を表現するには、まだまだ言葉が穏やかすぎたとセアラは思った。アレックスに愛を感じた時期があるのは残念ながら事実だが、それは若くて世間知らずで愚かだったころの話だ。この男の正体をいやというほど思い知ったうえは、この先どんなことが起ころうとも、愛などという感情がよみがえることは絶対にあり得ない。

多少なりともアレックスに打撃を与えたという勝利感は、さほど長く続かなかった。顎を挑戦的に突き出して反撃を待ちかまえていたセアラは、彼の顔の緊張がほぐれ、金褐色の目に尊大な光が宿るのを見て悔しさに身もだえしたくなった。アレックスの辞書に〝敗北〟という言葉は載っていないらしい。どんなに不利な局面に立たされても、彼はそれを逆手に取って自分の勝利に結びつけてしまう。今まで彼と面と向かって離婚交渉をするのを拒み続けてきたのも、そのことがわかっていたからだ。

アレックスは唇の端に薄笑いさえ見せながら反撃を開始した。「嫌悪の情というものを、君は実に風変わりな方法で示してくれたものだよ。病院での第一声は言うに及ばず、ゆうべ、ベッドの中でも……」

「記憶をなくして忘れていたからだわ」セアラは痛恨の思いで叫んだが、今やアレックスがほくそ笑んでいるのを見ると、モップか何かを持ってきて彼の顔から笑みをこすり落としてしまいたくなった。

「逆かもしれないぞ、ダーリン」わざとらしい甘い声でアレックスはやり返した。「記憶をなくしたことで、逆に真実を思い出したのかもしれない。もちろん、僕を愛しているという事実だよ。現に君は、何を忘れようとも僕を見忘れることだけはないだろうとまで言ってくれたじゃないか」

「あなたっていう人は、どこまで身勝手なの？」セアラはヒステリックな絶叫を必死に押し戻しながらささやいた。「私の記憶が永久に戻らなければいいと思っていたんでしょ？思い出されては都合の悪いことばかりだから、それであんなことを言ってたのね？」彼女は枕《まくら》から体を起こして身を乗り出し、アレックスの口調をまねて言った。「無理に思い出そうとしてはいけないよ、ダーリン。記憶が自然に戻ってくるのをお待ち、ダーリン！」

「現に、君の記憶は自然と戻ってきたじゃないか」アレックスは悪びれたふうもなく言い返した。

「記憶が戻ったのは、あなたの愛人の姿を見たからだわ。彼女が今日ここに来ることはあなたの計算外だったんでしょ。いい気味だわ」

アレックスは眉を寄せ、即座に「彼女は僕の愛人なんかじゃない」と言った。ほぼ一年前、セアラが夫の裏切りを初めて知ったときに聞かされたのと同じ台詞《せりふ》だ。たとえマドリーンとの情事の現場を押さえられたとしても、彼は同じ台詞でしらを切り続けるのかもしれない。

セアラは毒のこもった冷笑を投げつけた。「知らなかったわ、記憶喪失が伝染性の病気だったなんて。さっそく病院の先生に教えて差し上げなくちゃ」

「確かに君は知らないことが多すぎるようだ」アレックスの声には明らかな怒りがこもっていたが、そのことより、彼の目に表れた異様な光が、セアラの背筋に軽い悪寒を送り込んだ。

「でも、あなたに教えてもらうようなことは何一つなくってよ」負けん気に言い返したあとで、セアラは大きな過ちを犯したことに気づいた。案の定、アレックスの顔には暗い不気味な笑いが浮かんでいた。

「いいや、たくさんあるぞ、セアラ」

彼がベッドから立ち上がるのを見て、セアラはぎょっとしながら枕に背中を押しつけた。

「そばに来ないで！　さもないと……」

「さもないと、どうなるんだ？」アレックスは脅迫の響きをたっぷりとにじませた低い声とともに、ゆっくりとにじり寄ってきた。

「寄らないで！」セアラは悲鳴のような高い声をあげた。「この部屋から出ていってちょうだい。私、今から着替えをするの。それが済んだら、すぐ実家に電話して、父に迎えに来てもらうわ」

「着替えるって、何に着替えるんだ？」

「もちろん私の服……」セアラは急に絶句して部屋中を見回した。「……ないわ。どこなの？　私の服をどこに隠したの？　あなたが隠したんでしょ？」

そのとおりだと、アレックスの顔は語っていた。「服などいらないだろう。君はどこにも行かず、このベッドから一歩も出ないんだからな」彼は穏やかに微笑しながらベッドの端に座り直したが、今度は軽く身動きすれば体と体が触れ合いそうな場所だった。「僕は君を少なくとも二日間は絶対安静にさせておくと病院側に約束してしまったんだよ。無理に起きて出歩いたりすれば、君の頭の傷に負担がかかりすぎて記憶喪失がぶり返すかもしれない。それでもいいのかい？」

「いいわ！　だから服を返してちょうだい」

アレックスは再び不気味な薄笑いを浮かべ、薄いネグリジェの胸の間を意味ありげにしげしげとのぞき込んだ。病院で会ってからというもの、今のように丹念に顔や体を観察されるたび、あるいは彼の手や唇で触れられるたびに、体が異常なほどの反応を示した理由をセアラは遅まきながら悟った。一年間も夫婦関係がとだえていたことを、体だけははっきりと覚えていたらしい。彼女は急いで顔を背け、ベッドの上がけを顎のところまで引っ張り上げて胸や肩をすっぽりと包み込んだ。

楽しそうな笑い声がアレックスの口から飛び出した。「それはなんのまねだい？　君の体の隅々まで、僕は何百回となく見ているんだぞ」彼が身を乗り出すのを見て、セアラは上がけが引きはがされるのだと思ったが、実際は笑みを残したままの顔で緑色の目をまじまじとのぞき込まれただけだった。「見ただけでなく、この手で触りもしたし、キスもしたじゃないか」残忍なまでに甘い、ささやくような声だった。「だから、そんなふうに体を隠したところで、今さらどうなるものでもないんだぞ、セアラ。君の体は、もうとっくに僕のものになっているんだ。僕は君の体をいくらでも自由にできるし、君自身、それを待っているんだよ、きっと」

「好き勝手にでたらめを並べていればいいわ」セアラは余裕たっぷりの声を出したつもりだったが、その演技が失敗に終わったことはアレックスの目に浮かんだ嘲笑《ちょうしょう》を見るだけで明らかだった。

「一人にしないでくれと言って僕にすがりついてきたのは、どこの誰だったかなあ。あれから、まだ一時間とたっていないと思うんだが？」

セアラは顔から火の出る思いだった。あれはまだ記憶が戻っていないときのことだと弁解しても、苦しすぎる言い訳にしか聞こえないだろう。頭と心のすべてにはアレックスへの憎悪が充満しているのだが、情けないことに、体だけは別の衝動に支配されてしまうものらしい。

「出ていってちょうだい、私の部屋から」セアラは厳しい調子で言った。

「ここは我々の部屋だよ」アレックスは楽しそうに訂正した。「その証拠に、ゆうべはこのベッドで二人いっしょに寝たじゃないか。そして……」

「私、父に電話してくるわ」セアラはやみくもにベッドからおりて立ち上がった。

「我が家の電話回線は目下、不通だよ」

あっさりと言ったアレックスの面前で、彼女は凍りついたように棒立ちになった。

「……嘘だわ。私は今朝から何度も電話のベルを聞いているのよ」

「朝のうち、二度だけだろう？」アレックスは平然と言った。「二度目の通話のあとで電話会社に頼んだんだよ——こっちから改めて通知するまで、ここの回線は切っておいてくれと。重病人が寝ているから電話のベルでわずらわしたくないんだと言ったら、向こうでもすぐに納得してくれたよ」

「嘘よ。私、信じないわ」セアラは捨て鉢に言い放ったものの、すでに心の中では敗北を認めていた。アレックスなら、それぐらいのことは平気でやってのけるだろう。

「嘘だと思うなら、自分で確かめてごらん」アレックスは余裕たっぷりにベッドから離れて窓際の壁にもたれ、セアラのほうは呆然《ぼうぜん》とその場に立ちつくした。こんな薄いネグリジェ一枚で外に飛び出していったところで、誰に助けを求めればいいのだろう。周囲数キロ四方には一軒の人家もなく、どんなに大声をあげても、聞いてくれるのは空を舞う鷗《かもめ》たちだけだろう。通りがかりの車に助けてもらう？　しかし、週末でもない平日の昼間、わざわざ遠回りの旧道を通る車など、一時間に一台あるかなしだ。とらえられ、かごの中でむなしく羽ばたく小鳥の姿が今の自分の姿と重なり合って頭の中を激しく去来し、不意に体がぐらりとかしいだ。

5

アレックスが窓際から素早く戻ってきて妻の体を支えようとしたが、セアラは彼の両手を手荒くはねのけた。「触らないでよ！」

「そんなところに立っていないで、早くベッドに戻るんだ！」負けず劣らず荒い語気でアレックスが命令した。その口調に反発してやみくもに飛びのいたのが間違いだった。くらくらとめまいが起こって、体が再び大きく傾いた。不機嫌なうなり声とともに、アレックスの両手が強引にセアラをつかまえてベッドに押し込んだが、彼女はもはや抵抗するだけの体力を失っていた。枕《まくら》にぐったりと頭を沈めて目を閉じ、激しい吐き気と闘うのがやっとだった。家全体が高速度で回転していくかのような恐ろしい感覚はひどくなるばかりだ。

「セアラ？」鋭い耳鳴りのかなたから聞こえてきたアレックスの声は、さすがに心配そうだった。しかし、本当に心配する気があるのなら、記憶喪失の人間を離れ小島のような場所に閉じ込める前に、何はおいても医師の診察を受けさせていたはずだ。

「出ていってよ」目を閉じたまま、かろうじてささやいたものの、声がアレックスに届いたかどうかは自信がなかった。ジェット機の騒音のような耳鳴りが頭に響き、自分の声さえ聞こえない。

不意に頭が持ち上がり、冷たいコップが唇に押し当てられた。「水だ。飲みたまえ」と言われ、セアラはしかたなく一口だけ飲んだ。しかし、ようやくおさまりかけためまいがぶり返すのが怖くて、まだ目を開ける気にはなれない。

アレックスは妻の頭を枕の上に戻して上がけを顎のところまで引き上げた。「しばらくはそうやってじっとしていることだ。できたら少しでも眠ったほうがいいぞ」

耳鳴りが弱くなったので声ははっきり聞こえたものの、セアラは何も聞こえないふりをして目をつぶり続けていた。こんなに気分が悪くなったのは過去を思い出したショックのせいだろうか。それとも、二度と見たくなかったマドリーンを見てしまったショックのせい？　たぶん、両方……と言うより、もともと二つを分けて考える必要などないのだろう。マドリーンの姿を見さえしなければ、記憶はまだ当分戻らなかったに違いない。ああやって原稿を届けてきたところを見ると、マドリーンは今もアレックスの秘書として働いているらしいが、これもまた、二人の関係を示す証拠の一つだ。もし二人が潔白なら、マドリーンはあんな騒ぎのあとでいつまでも職場に居座っていられるはずがない。

アレックスの前の秘書の退職が決まったとき、セアラは心から残念に思った。しかし、もうあきらめかけていた子どもを三十五歳になってさずかったロザリーが、それをしおに家事と育児に専念したがった気持はよく理解できたし、退職後もロザリーが一家でマンチェスターに越していくまでは、事あるごとに電話で赤ん坊の様子を聞いたりしていたものだ。

セアラはロザリーのときと同様、次の秘書とも気楽なおしゃべりのできる友人になりたいと願っていたが、その期待はマドリーンからかかってきた最初の電話のときに早くも打ち砕かれ、そのあとは二人の間に敵意と嫌悪感が積み重なる一方だった。

そもそも、マドリーンに同性の友人が一人でもいるとはとうてい思えなかった。野心的で、気丈で、しかも優雅でセクシーなマドリーンは、まさしく男性向きの女性と呼ぶ以外にないだろう。彼女とセアラには共通点など一つもないように見えた。実際にはアレックスを愛しているという致命的な共通点が一つだけあったのだが、それが明らかになったのはずっとあとのことだ。

もっとも、夫の裏切りが白日の下にさらされた当初、セアラはマドリーンがアレックスにねらいを定めていたことについてはさほど驚かなかった。胸を引き裂くような思いをして受け入れたのはアレックスもまたマドリーンを欲していたという事実のほうだが、今になってみれば、それもまた当然の成り行きのように思えた。要するに、似た者同士の二人が互いを欲して結ばれたということなのだろう。二人ともうわべこそ人間の姿をしているが、中身はジャングルをうろつく凶暴な食肉獣にすぎない。

そういう強さが少しは自分にもあればと思ったことも何度かある。疑うことを知らない優しい心を持って生まれついたばかりに、アレックスの強さを頭から受け入れ、彼の望むままに嬉々《きき》として従っていたのだ。マドリーンの夫が教えに来なかったとしたら、今でも夫の裏切りを知らずに偽りの幸福の中に浸りきっていたことだろう。

マット・ベントリーが携えてきた大きな封筒には、彼の依頼した私立探偵からの報告文書がぎっしりと詰め込まれていた。二人が密会した場所と時間の一覧表、二人そろってホテルから出てくるところの写真、二人が同じ部屋にいるところを見たというボーイの証言、マドリーンがアレックスにあてて書いた手紙の書き損じ。その手紙で、マドリーンは自分の夫が疑いを持ち始めたことを愛人に警告していた。後日、ベントリー夫妻の離婚問題が裁判ざたになったとき、マドリーンは自分の情事を素直に認め、事情さえ許せばアレックスと結婚したいとまで公言した。もちろん、その離婚訴訟はマドリーンの一方的な落ち度を認定して迅速に結審した。

マットが海辺の家に来たのは彼が離婚問題を裁判に持ち込む以前のことだ。思いも寄らなかった話を聞かされているうちに、セアラの顔からは血の気という血の気がすっかりうせてしまった。そんなセアラを見つめながら、彼は挑戦的に言った。

「お知らせしておく義務を感じたんですよ。ご主人がマドリーンとの結婚を望んでいる以上、遅かれ早かれ、奥さんは離婚話を聞かされることになるんですからね……お気の毒ですが」最後の一言は、セアラの目に表れた苦痛の色を見て、当惑気味につけ加えられたものだった。

セアラは冷ややかに言い返した。「義務感というより、アレックスに復讐《ふくしゅう》するためじゃないんですか?」

図星だったらしく、マットはたちまち真っ赤になり、「人妻と不倫の関係を結べば、それなりの報いを受けて当然ですよ」と、本心の一端をのぞかせた。

彼がそんなふうに考えるのも、あるいは当然だったかもしれない。彼はアレックスがなんの罪もない純情なマドリーンを誘惑して不道徳な道に誘い込んだものと信じていた――あるいは、そう信じ込みたがっていた。そして、そこだけは、セアラが最初から確信を持って〝違う〟と断定できた点だ。

マット・ベントリーは服装も物腰もスマートな感じの魅力的な男性だが、一介のサラリーマンであり、勤めている製薬会社の製品を売り込むため国内各地を転々と渡り歩くセールスマンだ。一時はマドリーンの心をつかむことに成功して結婚にこぎつけたにしても、妻の心がとっくに離れていることは、彼以外の誰の目にも明らかだった。よりハイレベルの華やかな暮らしを見てしまったマドリーンは、去年の新車に早くも飽きてしまったカーマニアのように、さっさと夫を見捨てたのだ。

もちろん、マット・ベントリーと向き合って座っていたときのセアラには、そんな筋道立った推理を働かせるほどの余裕などまるでなかった。一刻も早く相手に帰ってもらって、一人で大声で泣きたいということしか頭になかった。ところが、現実に一人きりになっても涙は一滴もこぼれず、泣きたいという気持さえ、いつの間にか消えていた。たぶん、大きすぎたショックが麻酔剤の働きをしていたのだろう。そのショックは何日たっても消え去らなかったが、一方で、徐々にきいてくる毒薬を盛られた者のように、セアラの心は少しずつゆっくりと冒されていった。愛と幸福しか知らなかった心の中に疑惑が生まれ、それが絶望へ、憎悪へとふくらんでいった。本当の苦しみが始まったのは、それからだ。

アレックスは妻の疑惑を頭から否定し、セアラがマット・ベントリーから聞かされた話を半分もしゃべらないうちに、「ぬれぎぬだ」と、きめつけた。

「でも、あの人は近々、裁判所に離婚を申請するそうよ」セアラは抑揚のない口調で言い返した。自分よりはるか年長の見知らぬ女性の声を聞いているような、ひどく奇妙な気分だった。「申請の理由は妻の不貞ですって――あなたとの」

「だから、それはぬれぎぬなんだよ」

「あちらは夫の前であっさり罪を認めたそうよ」アレックスがあいまいに二、三度まばたきするのを見て、セアラは彼が何か巧妙な言い抜けをひねり出そうとしているのだと察した。つまり、アレックスは現状の変更を望んでいないらしい。仕事に疲れたら海辺の静かな家で自分を待つ忠実な妻のもとに帰り、それ以外のときは秘書兼愛人との情事を楽しむ――身勝手な男にとっては理想的なライフスタイルだ。

しかし、アレックスの口から出たのは、巧妙な言い抜けと呼ぶにはあまりに突拍子もない言葉だった――もし僕を愛しているなら、僕を信じてくれ。

「もしあなたを愛しているなら？」セアラは呆然《ぼうぜん》としながらきき返した。「これほどの証拠がそろっているのに、それでもあなたを信じろと言うの？」

「そうだ。僕を愛しているなら、僕を信じることで君の愛を証明してくれ」

「証明……この、私が？」噴き出した怒りでセアラの体はわなわなと震え始めた。「いつから立場が逆転したの？　説明を求めているのは私のほうよ。なぜ私が……」

「ぬれぎぬだというのが僕の説明だ」アレックスは無表情に妻の顔を見つめた。「僕は断じて誰とも浮気などしていない。信じる信じないは君の自由だが、もし僕を愛してくれているのなら、僕の言葉をそのとおりに受け取って、これ以上の質問で僕を責め立てないでくれ」

「たったそれだけなの？　私が聞かせてもらえることは、それで全部なのね？」セアラは見知らぬ他人と向き合っているような思いになった。夫婦生活の一大危機に直面しているというのに、アレックスはたったあれだけの説明ですべてを片づけようとしている。こんなことがあっていいのだろうか。いや、こういう場面を予期できなかった自分が愚かだったのかもしれないと彼女は思い直した。

考えてみると、この四年間はこういう場面の繰り返しだったような気がする。どんなに切実な願いや質問をぶつけてもアレックスはまともに取り合おうとせず、ひたすら自分の意思だけを押しつけてきた。早く子どもが欲しいと何度言っても、返事は常に「だめだ」の一言だった。ひょっとすると父親になるための機能に欠陥があるのだろうかと考えてみた時期もあったが、おそるおそるたずねてみると、つまらないことを言うなとどなられた。つまり、彼は子どもが欲しくないのだ。子どものいない生活を妻がどんなに寂しがり、夫の留守中、どんなに孤独でわびしい思いを噛《か》み締めていようとも、彼にはいっさい関係のないことらしい。母親になれないのなら、せめてアレックスが長期ロケで家をあけている間だけでもパートの仕事に出てみたいと持ちかけたときも、返事は同じだった──「だめだ。二度とそんなことは考えるなよ」

そして今また、アレックスは妻に新たな要求を押しつけようとしている。夫の情事には目をつぶり、今までどおり忠実な妻であれと命じているのだ。

「もしあなたが私を愛してくれているのなら、あなたこそ証明してみせてちょうだい」セアラは堅い声で言った。「マドリーンと浮気をしていないのなら、その証拠を見せてちょうだい」

「また話を蒸し返すのか?」と、アレックスはどなった。「浮気などしていないと当の僕が言っているんだから、これ以上の証拠はないだろう！」

「じゃあ、何もかもベントリーさんがでっち上げた作り話なの？」

アレックスは二秒ほど、黒い眉を一文字に結んで妻をにらみつけ、そして唐突にきびすを返して部屋から出ていった。玄関のドアがたたきつけられたときのすさまじい音が、彼の返事だった。

アレックスの車が猛烈なスピードで遠ざかっていく音を、セアラは放心したように聞き入っていた。夫が車を飛ばしてどこかへ行ってしまったということがようやく理解できると、彼女は二階に駆け上がってありったけのスーツケースに衣類を詰め込み、父に電話をかけて車で迎えに来てもらった。事情を聞かされた両親は腰が抜けるほどに驚き、せめてもう一度だけでもアレックスと話し合うようにと必死で説得に努めたが、セアラは耳を貸さなかった。そして数日後、結婚してロンドンに住んでいる学生時代の親友に電話でとりあえず一夜の宿を頼み、そのままロンドン行きの列車に飛び乗った。

古い親友が涙ながらに語る話を聞き終えると、部屋を提供したペネロープは、あれこれ質問する代わりに落ち着いた声で言った。「じゃあ、これから先のことを考えましょうよ。ロジャーが経営している会社の一つで、ちょうどパートタイムの女性をさがしているの。適当な住まいが見つかるまで、この家から通えばいいわ」その助言のおかげで、セアラは頭がどうにかなる寸前の危機をかろうじて乗り越えることができた。彼女はペネロープの夫が経営する広告代理店にパートとして入り、やがて、ささやかなワンルームのアパートを見つけて移り住むころには、自分でも意外なコピーライターの素質を認められ始めていた。正式な社員として採用されたのは、それから間もなくだ。

いちおうの生活基盤が整うとすぐに、セアラは離婚の手続きを開始した。そういうことにでも頭を向けていないと、仕事以外の時間があまりにわびしく感じられたせいかもしれない。華やかな活気に満ち満ちた大都会の中で、彼女は常に孤独だった。盛り場にあふれる人波を嫌い、車の騒音を嫌い、排ガスに汚染された空気を嫌った。そんな不毛の荒野でしかなかったロンドンの町が、多少なりとも住みやすい土地に思えてきたのは、ひとえにピーター・マロリーの功績と言うべきだろう。

ある会社の宣伝担当であるピーターが短期のキャンペーン広告を依頼しにセアラの職場を訪れたのが二人のなれそめだった。二人は最初から不思議なほど馬が合った。ピーターは温厚で思いやりに富み、よき父親、よき夫になるであろうことは誰の目にも明らかだ。彼は何事につけてもセアラの意見を求め、場合によっては自分の意見を潔く引っ込めて妥協することも心得ていた。アレックスは世の中に〝妥協〟という言葉があることさえ知らないだろう。アレックスのことを思い出すたび、セアラは体の震えるような憤りを味わった。他人の意思に追随し、それを幸せと錯覚するような屈辱的な生き方には二度と足を踏み入れまい――これが、あの海辺の家を出るとき固く心に決めた誓いだが、その気持はピーターを二度目の夫と定めてからも変わっていないし、今後も死ぬまで守り抜くつもりだった。

一年分の記憶といっしょに、その誓いまで忘れることになろうとは、運命も残酷ないたずらをするものだとセアラは思った。ようやく耳鳴りが消え、静かに打ち寄せる波の音や、波間に舞い遊ぶ鷗《かもめ》の声が聞こえるようになった。めまいもおさまってくれたようだ。おそるおそる目を開けてみると、幸いアレックスは部屋からいなくなっていた。今のうちに、なんとか逃げ出したい……。

突然、どこか遠くから車が近づいてくる音が聞こえた。この家に用のある車だろうか。めまいがぶり返しませんようにと祈りながら、セアラはそっとベッドから抜け出して窓の下をうかがった。旧道を赤い郵便車が走ってくる。あの車には今日もまた、アレックスにあてたシナリオ原稿が何冊か積まれているに違いない。とっさに心が決まった。彼女は階下の物音に気を配りながら忍び足でワードローブに駆け寄った。ここを出ていくときに持ちきれなかった衣類は、あとで母が荷造りに来てロンドンに送ってくれたのだから、ネグリジェを取ってくれと言われたアレックスが慌てふためいたのも無理はない。すると、このネグリジェは？　クリスマスのプレゼントだなどというのは嘘《うそ》に決まっている。マドリーンが泊まるときに使っているネグリジェだろうか。

セアラは大きく身震いし、急いでワードローブの中をかき回した。トレーナーの上下が一組、ハンガーに下がっている。男性用のLサイズだから大きすぎるのは当たり前だが、体の透けて見えるようなネグリジェで外に飛び出すよりはましだろう。

彼女は薄い布地を体から引きはがし、部屋の隅めがけて力任せに投げつけた。アレックスの愛人の肌に触れたものを着せられていたのだと思うと、おぞましさと汚らわしさで鳥肌が立ち、本来なら元の形がなくなるまで引き裂いてしまいたいところだが、あいにく時間がない。手早くトレーナーを着込み、丈がありすぎて胸の辺りまで届いてしまったズボンは上着の下に隠してベルトで留めた。門のところまで郵便物を取りに出たアレックスは、配達係とダービーの予想を始めたようだ。ダービーのレースは毎年六月第一水曜日に開かれるのだから、今日はその前日……いや、前々日の月曜日だ。

「そんな馬、やめたほうがいいぞ、ボブ」と、アレックスが大きな声で言っている。「みすみす金を捨てるようなものだ。六着にだって入らんだろう」

「冗談じゃないですよ、スティーヴンソンさん。今年のレースは、こいつが本命中の本命なんですよ」

「ほかの馬がそろいもそろって出走前に骨折する予定でもあるのか?」

アレックスが笑いながらやり返す声を、セアラは階段のてっぺんで聞いていた。玄関のドアが開いたままなので、二人の話し声は家に吹き込む風に乗って驚くほどはっきり聞こえる。なるべくゆっくり話し込んでいってね、配達係さん。そう胸の中で念じながら、セアラは忍び足で階段をおり始めた。無言の祈りが届いたのか、配達係は勢い込んで反論に出た。

「予想屋の競馬ガイドを一冊でも読んだんですか？　どの本も、今年は申し合わせたように……」

階段をおりきったセアラは素早く玄関ホールを通り抜けて台所に飛び込んだ。裏口のドアから外に出ようとしたとき、後ろで再びアレックスの笑い声があがった。さっきまでと打って変わって、ずいぶん機嫌がよさそうだ。妻を二階に閉じ込めた頭のよさに自分で悦に入っているらしい。セアラは歯を食いしばりながら素足のまま裏庭に抜け出した。サイズが違いすぎるアレックスの運動靴を引きずって歩くより、いっそはだしのほうが身軽だと思ったのだが、それにしても、昨日まで着ていた服や靴は、いったいどこに隠されてしまったのだろう。

満開のライラックやエニシダの間を通り抜けて庭の外れにたどり着いたセアラは、低めに積まれた石垣の上を慎重に乗り越えた。ここで足を滑らして頭を打ったりすれば、またtotal めまいや吐き気が起こってしばらくは一歩も動けなくなってしまう。たぶんアレックスは昼食の盆を片手に載せて寝室のドアを開けるときまで囚人の脱走に気づかないはずだが、万が一の場合を考えてできるだけ遠くまで行っておかないことには、あの長い足にたちまち追いつかれてしまうだろう。

しかし、ようやく乗り越えた石垣のそばを離れる前に、セアラは一度だけ足を止めて、かつての〝我が家〟を振り向いた。古くて厚い白壁の上で、日の光を浴びたスレートぶきの屋根が明るく光っている。もともとは漁師の作業小屋兼住居として建てられた家だが、頑丈な屋根と厚い壁のおかげで、どんな雨風の日でも安心して過ごすことができた。見つめているうちに、懐かしい人と別れるような愛惜が胸に迫ってきた。何はともあれ、ここで暮らした四年の日々が幸福だったことだけは否定のできない事実だ。

いばらのとげに素足を刺されながら道路沿いの茂みを数分も進んだころ、後方に車の音が聞こえた。急いで茂みの中にしゃがんで様子をうかがうと、走ってくるのは先ほどの赤い郵便車だ。セアラはほっとして道路に飛び出し、ジョギングの格好をしながら大きく手を振って車を呼び止めた。車は彼女の少し前方で止まり、運転台の窓から配達係がいぶかしげな顔を突き出して叫んだ。

「いったい、どこからわいて出てきたんです？」この地区の担当になって日が浅いのか、以前には見かけたことのない顔だ。セアラは急いで車に駆け寄り、真っ赤なドアに取りついてあえぎながら言った。

「回り道かもしれないけれど、ホワイトアバス村まで乗せていってくださらない？」相手の顔にためらいの色を見て、彼女は甘えるような笑みと流し目を送った。「村の入口までいいの。お願い」

配達係は苦笑いしながら帽子のひさしを軽く押し上げた。「遠くまで走りすぎてくたびれてしまったんですか？　しかたがない、乗っけてあげますが、こんなことはこれっきりにしてくださいよ。なんてったって公用車なんですから」彼は地元のなまりのある人のよさそうな青年で、車を走らせながらしきりに話しかけてきた。「なんだ、カルスロップさんのところの娘さんだったんですか。お父さんもお母さんも知ってますよ。気さくで感じのいいご夫婦だ」

村の入口で郵便車をおりてしばらく歩いたとき、前方から走ってくる父の車が見えた。助手席に母も乗っている。立ち止まって手を振ると、運転席の父がぎょっとしたように目を丸くした。騒々しいブレーキ音とともに車が急停止した。

まず、母が転げるように車からおりて駆け寄ってきた。「セアラ！　大丈夫なの？　今、迎えに行こうと思って……まあ、はだしじゃないの。それに、おまえったら、何を着ているの？」

セアラが一言も答えないうちに、ジョン・カルスロップが娘の肩に手を回して静かに言った。「さあ、車にお乗り。家に帰るんだよ」

「向こうの家には帰らないわよ、絶対に」かすれた声で訴えた娘の顔を、彼は食い入るように見つめた。

「ああ、わかっている」

父に支えられて車の後部座席に乗り込んだセアラは、安堵《あんど》と疲労で体の力がどっと抜けるのを感じた。全身から汗が噴き出してトレーナーが肌に張りつく。

「いったい全体、何があったの？」助手席に乗り込んだモリー・カルスロップがおろおろとたずねたが、ジョンはいつになく険しい声で妻をたしなめた。

「しばらくそっとしておいておやり。この子は疲れているんだ」

「わかっていますよ、それぐらい」モリーは不服そうな顔で運転席の夫に向き直った。「でも、まだ安静にしていないといけないはずなのに、どうしてこんなところを歩いているのか……」

「話はあとだ」父は厳しい声で言って車のエンジンをかけ、モリーはもどかしげなため息をつきながらシートに体を沈めて黙り込んだ。

車が家に着くと、よろめきながら車をおりたセアラは急いで歩み寄った父の腕に支えられ、どうにか二本の足で地面に立つことができた。母は小走りに玄関の戸を開けに行っている。父が心配そうな声で言った。「気分が悪そうだな」

「くたくたよ、心も体も」セアラは長身の父の肩に頭を寄せ、むやみに泣きたくなったのを懸命にこらえていた。迎えに来ようとしていたところを見ると、両親もアレックスの作り話をうのみにはしなかったらしい。そう思うと、少しだけ心が休まった。父がアレックスの味方に回ってしまったように見えたときのショックが、ようやく薄らいでいく気がする。子どものころから、どちらかと言えば母よりも父に親しみを感じていたセアラは今、何にもまして父の理解といたわりを渇望していた。

「村の先生に往診を頼んだほうがよさそうだな」父が半ば独り言のようにつぶやいた。

「それよりも、ウィルズボローの公立病院に連れていってもらおうかしら。傷の診察をしてもらったとき、何か異状を感じたらすぐに来るようにって言われたの。たぶん私、脳震盪《のうしんとう》を起こしていたんだと思うわ」レントゲン写真が正常だったにもかかわらず記憶喪失や吐き気やめまいの症状が表れた理由は、それ以外に考えられない。それとも、もっと重大な、隠れた損傷を受けていたのだろうか。冷たい不安が胸に忍び寄った。

セアラは父に支えられながらそろそろと家の中に入っていったが、二階へ上がる階段の下で思わず足を止めて呼吸を整えているとき、家の前の村道をフルスピードで近づいてくる車の音が聞こえた。車が家の正面で止まったとたん、彼女の体はわなわなと震え始めた。

「ア、アレックスだわ」セアラは哀願するような思いで父の顔を見上げた。

「そのようだな」と言う父の顔は、強い怒りを見せていた。「おまえは二階へ行っていなさい。アレックスには私が話をつける」

6

突然、まっしぐらに階段を駆けのぼり始めた娘を見て、モリー・カルスロップは大慌てであとを追った。「だめよ、セアラ。もっとゆっくり……」

セアラは母の声よりも、その後ろの玄関に走り寄ってくるアレックスの足音に気を取られていた。早くしないと、父を押しのけて階段を上がってくるかもしれない。ようやく二階にたどり着いた。子ども時代からの自分の部屋に飛び込み、追ってきた母が一足遅れで部屋の中に入るとすぐに、母の制止を振り切ってドアにしっかりと錠をおろす。

「どうしてこんなことをするの？」モリーはあっけにとられて娘の顔を見つめた。

軽い耳鳴りが始まったのに気づいて、セアラは素早くベッドの端に腰をおろした。しばらくはじっとして呼吸を整えないと、めまいや吐き気がぶり返しそうだ。階下では父とアレックスが大声でしゃべっている。言葉は聞き取れないが、二人とも明らかにけんか腰だ。

「あの二人、なぜどなり合うの？」母が急いでドアの錠に手を伸ばそうとする。

「だめ！　開けないで」

慌てて手を引っ込めたモリーは、泣きそうな顔でベッドに寄ってきて娘の肩に手を回した。「ねえ、何がどうなっているの？　なぜ私には誰もなんにも教えてくれないの？」

「母さんったら……」セアラはため息まじりに苦笑して母の顔を見上げた。三十代から先は年を取ることを忘れたような若くて愛らしい顔といい、小作りのきゃしゃな体といい、そよ風でも吹けば飛んでいきそうにさえ見えるが、その内面は非常に現実的で、自分の感じた疑問や不安は徹底的に究明しなければ気がすまない性格だ。セアラは顔立ちや体型ばかりでなく、性格も母に似ればよかったと思った。そうすれば、夢や幻想に惑わされることなく、もっと単純素朴な人生を送れたに違いない。

「おまえがそんなけがをしているっていうことさえ、父さんは教えてくれなかったのよ」母は悲しそうに不平を言った。「ロンドンに戻る途中で列車事故に遭ったけど、大したことはないからアレックスが連れて帰ったって聞かされて、てっきり私は……」母は咳《せき》払いしながら肩をすくめた。「とにかく、一日か二日は安静にしているように言われたんでしょう？　それなのに、なぜそんな変なものを着て道路を歩いていたの？　その格好は、まるで……ピエロじゃないの」母は急にくすくすと笑いだした。

「確かにそうね」セアラは顔をしかめて自分の姿を見おろし、耳鳴りがやんだことを確認してから立ち上がってアレックスのトレーナーを脱ぎ捨てた。そして、ドアの後ろにつるしてあるピンクのガウンを素肌にまとってベルトをしっかりと結んだ。

「ええ、それならどうにか見られる格好だわ」ベッドの端に座った母がほっとしたように言った。「おまえもここにお座り。そして、何があったのかを母さんに詳しく教えてちょうだい」

セアラは降参のため息をつきながら母の隣に座り直して事情を最初から説明した。記憶喪失の一件を知った母は、当然のことながら、ひどく驚いて気をもみだした。

「黙って家に連れて帰るなんて、それはアレックスが悪いわ！」母は憤然として言ったが、セアラは肩をすくめたきりで返事を省略した。このことに限らず、アレックスが悪いのは最初からわかっている。「すぐ病院に戻って精密検査を受けてちょうだい。頭のけがを軽く見たら大変なことになるわよ」

「ええ、わかっているわ」と、うなずきながら、セアラは階下の声にも耳を澄ましていた。相変わらず大声のやり取りが続いていて、どちらの形勢が有利なのかはかいもく見当がつかない。

「おまえが記憶をなくしていることを知りながら、アレックスはなぜお医者様のところに連れ戻してくれなかったのかしらねえ、まったく！」

「そのほうが都合がよかったからでしょうよ」セアラは皮肉をこめて淡々と言った。

「おまえもおまえだわ。こんな重大な症状を、なぜお医者様に隠したりしたの？」

「重大なことだとは思わなかったのよ。せいぜい五、六日分のことが思い出せないだけだと思っていたの。まさか、一年以上の記憶が抜け落ちていたなんて……」小さな声で弁解していたセアラは、急に顔を上げて前方の一点をにらみつけた。「でも、アレックスは知っていたのよ、最初から、何もかも！」

「知っていたのなら、おまえに教えるのが当然の義務というものだわ」母は困惑しきったように眉を寄せた。この世に根っからの悪人など一人もいないと信じきって数十年を生きてきたのだから、アレックスのような邪悪な人間の行動が理解できないのも無理からぬことだろう。

「そのとおりよね」セアラは冷たい笑みを浮かべて言った。「なのに、その義務を彼は故意に怠ったのよ。彼がどんな悪人か、母さんもこれでようやくわかったでしょ？」

モリー・カルスロップは目を丸くした。「アレックスは悪人なんかじゃないわよ。そんな言い方をしたら、アレックスがかわいそうだわ」

「母さん！」セアラはもどかしさのあまり声を荒らげた。「私がこんなひどい仕打ちを受けたっていうのに、よくそんなことが言えるわね」

「彼には事の重大さがよくわからなかったんでしょうよ、おまえと同じで。だから、この機会におまえと仲直りできるんじゃないかって、その期待のほうに気を取られてしまったんだと思うわ」

考え込みながら半ば独り言のようにつぶやく母を見て、セアラはただあっけにとられるばかりだった。母は早くも口実を見つけてアレックスの行動を許そうとしているらしい。しかも、母はさらに追い討ちをかけるような言葉を口にした。

「アレックスはおまえを愛しているのよ」

「ずいぶんとひねくれた愛の表現方法があったものだわね」セアラは冷たく言い捨てた。

「アレックスは感情を言葉や態度に出すのが不得手なのよ」母はたちまち弁護に乗り出した。「四年間も夫婦として暮らしたのに、おまえはまだわからないの？　子どもは両親の愛に包まれて暮らすうちに感情の表現方法を覚えるものだけれど、冷たい他人ばかりの中で育ったアレックスは自分の体と心を守るために、感情を絶対に外に出さない方法だけを覚えてしまったんだわ、かわいそうに」

「彼はそんな話を母さんに聞かせていたの？」セアラの胸に奇妙な痛みが走った。夫婦として暮らしている間、その種の身の上話のようなものをアレックスから聞かされたことはただの一度もなかった。きき出そうとすれば容赦なくしかりつけられた。彼はどんなときでも自分の弱みを妻に見せず、ひたすら強くて頼もしい夫であり続けた。彼は妻のすべてを所有したが、自分が妻に所有されることは断固として許さなかった。

「そのままの言葉で聞かされたわけじゃないわ、彼はプライドの高い人だから。だけど私は誰かさんと違って、行間ににじむ言葉を読むことができるの」

セアラは苦々しい笑い声をあげた。「にじんでいない言葉まで読んでいるんじゃないの?」

　気ぜわしげなノックの音がして、母も娘も飛び上がりそうになった。しかし……。

「私だよ、セアラ」穏やかな父の声がドアの外で言った。「開けておくれ。アレックスは帰ったよ」

　母が急いでドアを開けに行く。セアラは目を閉じて大きなため息をついた。もちろん安《あん》堵《ど》と喜びの吐息に決まっている。むやみに泣きたくなったのは、体が衰弱しているせいだ。

　父が心配そうな顔で部屋に入ってきた。「具合はどうなんだ?」

「もうすぐよくなるわ」セアラは半ば自分に言い聞かせるつもりで答えた。頭の傷さえ治れば、自分が恐ろしい罠《わな》から危うく逃げ出せた幸運をもっと素直に喜べるようになるだろう。マドリーンの出現で記憶が戻るという〝突発事故〟に邪魔されなかったとしたら、アレックスは必ずや妻の体を征服することに成功していただろう。そのあとで記憶が戻った場合のことを考えると、また吐き気がしそうになった。それでなくても、彼に抱かれ、キスされ、体に触れられるたびにわき起こった欲望のことを思い出すにつけ、自己嫌悪で胸がむかついてしまう。アレックスへの欲望などとっくに死んだと思い込んでいたのに、そうではなかった。欲望は眠り続けたまま命を長らえていたらしい。眠っていた欲望は、アレックスに会ったとたんに目覚めて……。

「しかし、油断は禁物だぞ」という声を聞いて、セアラはほっとしながら父の顔に注意を戻した。はしばみ色の父の目が探るように彼女の顔をのぞき込んでいた。「やはり、病院に行って診察を受けたほうがいい。今度こそ、何もかも包み隠さずに先生に言うんだ。わかったな?」

セアラは素直にうなずいた。症状を甘く見た自分の愚かさが、今さらのように情けなく思えた。「でも、何を着ていけばいいの?」まさか、タオル地のガウン一枚で車に乗るわけにもいかない。「私の旅行かばんも服もアレックスが隠してしまったんだけど、返してくれる気があるのかしら」

父は困ったように頭に手を当てた。「そのことについては何も言っていなかったぞ」

「私の服を貸してあげるわ」と、母が助け船を出した。「私の部屋へ来て、なんでも好きなのをお選び」

とりあえず、こんなのはどうかと言って差し出した花柄のワンピースを見て、セアラは思わず吹き出した。「これを、私が?」

「確かに、おまえ向きとは言えないわね」母は口をとがらしながらしぶしぶ認めた。「だったら……あのデニムのスーツにする?」取り出されたオリーブ色の上着とパンツはセアラの勧めで母が買ったスーツだが、ほとんど手も通さずにしまい込まれていたらしい。

セアラは喜んで借り受けて寝室に戻り、手早く着替えを済ませた。両親は先に玄関ホールに出て何やら熱心に話し込んでいたが、二階からおりてくる娘の足音を聞くと、ぴたりと話をやめて明らかに不自然な明るい笑顔で階段を見上げた。

「よく似合うじゃないか」と、父が言った。「センスのいい服なのに、なぜ母さんは着ないんだ？」

「着ましたよ、一度だけ」母はふくれ面で言い返した。「そうしたら父さんが、〝おい、なんだね、その代物は〟と言ったんですよ」

ジョン・カルスロップは照れたように顔をしかめた。「そうだったかな。とにかく、セアラにはよく似合う服だ」彼は娘の肩に手を回し、玄関前の車に連れていって後部座席に乗り込ませた。

玄関の戸締まりを終えた母が最後に車に乗ろうとしたとき、家の中で電話のベルが鳴り始めた。

「出ることはないわ。きっとアレックスよ」セアラは頬を引きつらせて言ったが、運転席の父は振り向いてかぶりを振った。

「彼の車は、まだロムニーマーシュの中を走っているころだろう。電話などかけられないはずだ」

「じゃあ誰かしら。私、行ってみるわ」母は急いで鍵《かぎ》を開けて家の中に戻った。

セアラは軽いため息をついてシートの背にゆったりともたれ、まぶしい午後の太陽に照らされた庭の木立や草花に目をやった。庭の隅の高い木の上で、小鳥が数羽、枝から枝へ楽しそうにはね回っている。木の根もとでは母の飼い猫が物欲しそうに枝先を見上げているが、木をのぼっていったところで、いつものように小鳥たちにからかわれて悔しい思いをするだけだろう。何もかも、胸が痛くなるほどのどかで懐かしい光景だ。

母が戸締まりをし直して助手席に乗り込み、落ち着いた顔で後部座席を振り向いた。

「国際電話だったわ、ピーターからの。おまえが事故に遭ったことを話したら、ひどく心配して……」

「だったら、なぜ私を呼んでくれなかったの?」セアラは急いで体を起こしながら憤然と言った。

「あちらも忙しそうだったのよ。夕方にもう一度電話をくれるそうだから、そのときにでもゆっくり話せばいいでしょう」

「そうするわ。今度こそ、必ず私に取り次いでね」セアラは少しきつい声で念を押して再びシートに体を沈めた。母の言い分はいちおうもっともらしく聞こえたし、母自身、他意など少しもなかったのだろう。だが、母の心の奥で、娘とピーターに話をさせたくないという気持が働いていたことははっきりしている。物事の変化を嫌う母は、いったん家族の一員として受け入れた娘むこが別の男性に取って代わられることを好ましく思っていないのだ。あれほどアレックスに好意を抱いていれば、なおさらだ。そうでなければ、ピーターからの電話だということを知らせに来るぐらいの手間はかけてくれたはずだ。

海辺の家を飛び出してきたときから、セアラは家族一丸となった説得工作の圧力にさらされることになった。みんなの目には、よほど円満な夫婦のように見えていたらしいが、当のセアラ自身、漠然とした不満や人生への疑問を感じたことはあっても、アレックスの妻であることを不幸だとは一度も思わずに四年間を送ってきたのだから、それも無理からぬ話だろう。父も母も姉も兄たちも、言うことは同じだった。いわく――この世に完全な人間など一人もいない。誰でも欠点は持っているし、過ちも犯す。おまえが腹を立てるのは道理だが、今度だけは大目に見ておやり。それぐらいの寛大な心がなくては、しょせん結婚生活なんてうまく行くものではない。アレックスのところに戻って二人で一から出直すことだ。そうしてよかったと思う日が、あとできっと来るだろう。

セアラの耳には、すべてたわ言にしか聞こえなかった。自分の思いを理解してもらえないのが悔しく、もどかしく、腹立たしかった。みんなはそれほどまでにして〝世界的有名人〟の義父母や義姉や義兄であり続けたいのだろうかとさえ思う。そんな家族からの圧力に耐えかねて、彼女は逃げるようにロンドンへ飛び出していったのだった。

それっきり、セアラは永久にアレックスとの縁を切ったつもりだったが、アレックスのほうは厚かましくも自分からカルスロップ家に出向いて事情を説明したらしい。どんな作り話を吹き込まれたのやら、家族はすっかり彼に同情してしまった。たった一度の罪でこんなにも深く後悔している夫を許さないのは、妻として思いやりがなさすぎるとセアラをたしなめ、あの淫乱《いんらん》で悪賢い秘書の罠から早く夫を助け出すべきだとせき立てた。家族はすべての罪をマドリーンに着せていた。マドリーンへの憎悪の激しさは、当事者のセアラ以上だったかもしれない。しかし、当事者でない人間に何がわかるだろうと彼女は思った。みんなはアレックスの妻として暮らしていたわけではない。見せかけの幸福を与えられながら陰で裏切られていたわけでもないし、焼けるような嫉妬《しっと》の苦しみを味わったわけでもないのだから。

セアラははっと我に返って唇を噛《か》み締め、急いで窓の外に注意を転じた。道路の両側に広がるロムニーマーシュは、いつの間にか西日の色に染まりかけていた。

病院でセアラの診察にあたったのは、たまたま昨日と同じ医師だった。「おや、どうしました？」医師のほうも患者の顔をすぐに思い出してたずね、セアラが事情を説明し始めると、鉛筆の先でデスクをたたきながら聞き入った。一年間もの記憶をなくしていたと知って難しい顔で言った。「そういう大切なことを、なぜ昨日の診察のときに話してくれなかったんです？　しかし患者さんは、しばしばそういう過ちを犯すものです。で、記憶は完全に戻りましたか？」

セアラは大きくうなずき、記憶が戻った直後に起こった耳鳴り、めまい、吐き気についても今度こそ正直に報告した。そのときの症状について、さらに詳しく掘り下げた質問を重ねた末に、医師はしきりに考え込みながら言った。

「レントゲンの結果にも異状がなかったわけですし、今お聞きした限りでは、たぶん一過性の症状のように思いますが、念のため入院していただいて、さらに検査をしてみましょう。なに、二、三日程度の入院ですむと思いますよ」

「私のような形で頭を打った場合は記憶喪失になるのが一般的なんでしょうか」

「一般的とは言えませんよ。そもそも記憶喪失というのは精神的要因にも左右されるんです。あなたの場合も、頭を打ったこと自体より、事故に遭ったときの恐怖やショックから起こった症状だと思います。とにかく、詳しく検査してみましょう」

看護師につき添われて上の階の病棟へ上がっていく前に、セアラは両親と少しだけ立ち話をした。

「ピーターから電話がかかってきたら、心配しないでって伝えてちょうだい。先生の口ぶりから考えて、どんなに長くても三日ぐらいで退院できると思うの。だから、慌てて出張を切り上げて帰国するなんてことは必要ないって、くれぐれも言っておいてね」

モリー・カルスロップは軽くうなずいただけでピーターの話を片づけた。「今日の面会時間は終わったそうだから私たちはこれで帰るけれど、必要なものがあったら明日持ってくるわよ」

「そうねえ……何か読み物を持ってきてもらおうかしら。それと、ヘッドホンラジオが欲しいわ。旅行バッグの中にあるの。私から取り上げた荷物を返すようにって、アレックスに言ってもらえる？」

「帰ったらすぐに電話するわ」母は嬉々《きき》として請け合い、セアラをむっとさせた。「彼も今ごろはさぞかし心配して気をもんでいることでしょうよ」

「彼のことになると、とたんに熱が入るのね」

「おまえこそ、少し情がなさすぎますよ」モリー・カルスロップは憤然として言った。「病院からの事故の知らせをアレックスがどんな思いで聞いたか、おまえにはわからないの？」

「わからないわ。私、他人の気持は現実の行動を見て判断することにしているの。だって、私は母さんほど頭がよくないんですもの」

母が真っ赤になって言い返そうとしたとき、看護師が控え室のドアをノックして病室の手配が終わったことを告げた。セアラは両親に慌ただしく別れのキスをして看護師とともに病室へ向かった。

翌日から二日にわたって、セアラはさまざまな検査を受け、外科以外の内科や精神科の専門医の診察も受けた。こういう場合に頭痛や視覚障害の兆候が表れると何か重大なことに結びつくと見え、その点については特に入念に検査や問診が行われたが、そういう症状の表れそうな気配はまったくなかった。傷口の痛みもほとんど気にならなくなり、セアラは検査以外の時間を読書やラジオの音楽でのんびりと過ごした。自分でもあきれるほどだっぷりと睡眠もとった。日曜から月曜にかけてのいろいろな出来事で、体も心もよほど疲れきっていたらしい。

木曜日の午前中にセアラは退院し、迎えに来てくれた父の車でホワイトアバス村に向かった。ロムニーマーシュは薄い霧に包まれ、レース越しに見るオレンジ色の花のような太陽が緑の大地に柔らかな光を投げていた。頭の包帯は退院前の最後の診察のときに外され、今は傷口のガーゼを太めのヘアバンドのような伸縮性の包帯一本で押さえているだけだ。

「えらく勇ましい姿じゃないか」手慣れたハンドルさばきでカーブを曲がった父が、助手席をちらりと見て冷やかした。「病人というより、海賊だな」

「じゃあ、どこかでおうむを借りてきて、肩に乗っけなくちゃ」セアラは陽気に笑った。

霧の向こうに、ドーバー海峡を渡る船の霧笛が聞こえる。

「そうそう、昨日頼まれた電話は、あれからすぐにかけておいたぞ」

「ありがとう。職場のことを昨日になってやっと思い出すなんて、私もどうかしてるわ。ジョーズ……ジェロームさん、かんかんに怒ってた？」

「いや、ひどく心配してくれていたよ。おまえが理由もなしに無断欠勤するはずはないから、よほどのことがあったんだろうと思っていたそうだ。ちょうど実家に問い合わせてみようと思い立ったところへ、私からの電話が入ったと言っていたよ」

「いつから出社できるかは、来週の水曜日に抜糸をしてみないとわからないということも伝えておいてくれた？　ロンドンに戻っても、しばらくはアパートで静養が必要だと思うの」

「それより、充分に静養して働けるようになってからロンドンに戻ればいいじゃないか」穏やかに言った父は、急いで言い返そうとした娘の先回りをして苦笑しながらかぶりを振った。「後遺症の心配が完全になくなったという診断が出るまでは、大事をとるに越したことはない。あんなアパートで倒れたりしたら、誰も助けてくれないんだぞ」彼はハンドルから片手を離して娘の手を優しくたたいた。「自主独立の精神は貴重だが、何事もすぎたるは及ばざるがごとしだ」

セアラは唇を噛んで黙り込んだ。父の言うことは非常にもっともだし、娘の身を案じてくれる気持もうれしいが、しかし、抜糸が終わったら早々にロンドンに戻ろうという決心は少しも変わらなかった。ホワイトアバス村の家は、アレックスの海辺の家からあまりに近すぎる。娘がこれほどいやがっている以上、いくら両親でも彼を部屋に通すようなことはしないだろうが、仕事を持っている父は毎朝八時半に出勤して、帰宅するのは夕方の六時か七時ごろだ。母も買い物や隣近所とのつき合いで日に何度かは家をあける。そんなとき、たまたま……。いや、あのアレックスなら、そんな偶然のチャンスに頼らず、両親が二人とも留守だということを確かめてから堂々と乗り込んでくるかもしれない。彼は野鳥観察用の双眼鏡を持っているし、仕事に疲れたときは美しい海と海岸線、海峡を行く船を家の二階から望遠鏡で眺めるのも趣味の一つにしている。あれぐらい精度の高い望遠鏡を持ち出せば、他人の出入りを遠くから見張るぐらい造作もない話だ。

被害者意識が高じて誇大妄想になりかけているのだろうかと思いながら、セアラはむっつりと顔をしかめた。しかし、アレックスのような男を敵に回せば、そうならないほうが不思議というものだ。ひょっとするとロンドンのアパート、あるいは職場さえ、安全な場所とは言いきれないかもしれない。

この一年間、アレックスが自分から会いに来る気配を一度も見せなかったのは、とうてい許してもらえる見込みはなさそうだとあきらめていたからだろう。だが、記憶を失っている間の妻の態度を見て、彼はまだ脈がありそうだと思い直したに違いない。そう思わせてしまったことを悔いて自己嫌悪に陥る暇があったら、会いに来させないための手立てを一刻も早く考えなくてはいけないのだろうが、いったい、どんな手立てがあるだろうか。

数分後、父の車をおりて玄関に向かっていたセアラは、ドアを開けて出迎えた母の顔を見たとたん、首筋に冷たいものを押しつけられたような思いで棒立ちになった。母は、まさにセアラが予想したとおりの言葉をうれしそうに叫んだ。

「お客様がお待ちかねよ！」

「私、会わないわよ」セアラはうめくように言い、目を丸くして驚く母を泣きたい思いでにらみ返した。アレックスにだけは会いたくないと、あれほど何度も言っているのに、どうしてわかってくれないのだろう。いつになったら娘の気持をありのままに理解してくれるのだろう。

「落ち着くんだ、セアラ。誰が来ているのか、母さんはまだ何も言ってないだろう?」断固とした中にも優しさのこもった声で父が言った。幼いころから、この父の声に何度励まされたことだろう。

「でも……聞かなくてもわかっているわ。お願いだからアレックスに言ってよ。私は絶対に……」

「アレックス?」と、母がすっとんきょうな声をあげた。「お客様はアレックスじゃないわよ」

セアラは声もなく母の顔を見つめるばかりだった。アレックスに違いないと頭から決めてかかってしまったのは、やはり本物の妄想に取りつかれたせいだろうか。けれど、彼でないとすれば、来客とはいったい誰なのだろう。ピーターでないことだけは確かだ。ピーターが来ているのなら、母があんなにも興奮した様子ではしゃいだりするわけがない。

「すると、いったい誰が……」

「ジョナスさんよ」モリー・カルスロップは幸せそうに相好を崩した。「ご親切にも、わざわざお見舞いに来てくださったのよ。たまたまこっちの方面にいらしてて、おまえが事故に遭ったことをアレックスからお聞きになったんですって」

じっと母を見つめたままその言葉を聞きながら、セアラの頭の中では別の人物の声が響いていた。その人物の正体を知らない者の耳には、おうようでのんびりした性格かと思わせるような、あのレナード・ジョナスの声だ。エンパイヤ映画会社の最高権力者であり、指を軽く鳴らすだけでアレックスを呼んだり走らせたりすることのできる世界でただ一人の男――それがレナード・ジョナス、つまりＬＪだ。性格は無慈悲で、独善的で、かみそりのように切れる頭を持ち……要するに、アレックスをそのまま二十歳ほど老けさせたのがＬＪだと思えばいい。アレックスが故意に自分をＬＪに似せようと努力した結果なのか、あるいはもっと本質的なところから来たものなのか、いずれにせよ、二人とも強烈なまでの個性と迫力で他人を威圧させることのできる人間だ。

そのＬＪが、いったい何をしに来たのだろう。

7

「退院したばかりなのに、気の張る人の相手をしても大丈夫なのか？」心配そうに眉を寄せた父の顔は、会いたくなければ自分が断ってもいいと言外に語っている。セアラの気持はぐらりと傾いた。ＬＪの来訪の動機にアレックスがからんでいることは間違いないのだから、会わずにすむのなら、確かに、それに越したことはない。

一方、母は明らかに正反対の意見だった。「ジョナスさんは、わざわざ回り道をして家に寄ってくださったのよ」アレックスに一目会ったときからほれ込んでしまった母なのだから、彼と同じ型紙で作られたようなＬＪを見てすっかり興奮しているのは無理もないところだろう。

「じゃあ……会わないわけにはいかないわね」気乗りはしないが、しかし、ＬＪがなんのために来たのか確かめたいという気持がまったくないと言えば嘘《うそ》になる。

「そうですとも」母はにこにこしながらうなずいた。「お客様は居間よ。早く行って会っていらっしゃい。すぐにコーヒーを持っていくわ」

「本当に大丈夫なんだな？」父はなおも気づかわしげに娘の肩をたたいて言った。

「大丈夫よ。ありがとう、父さん」

父が照れくさそうに視線をそらすのを見て、セアラはふと、甘ずっぱい感傷に浸った。幼いころ、父はもっと率直な形で娘への愛情を表現してくれたものだし、もちろん自分のほうも大好きな父への気持を単純明快な言葉や動作でストレートに伝えることができた。いつからそれができなくなったのだろう。十一か十二のころ？　キスされたり抱き締められたりすると、子ども扱いされたような気がしてむやみに腹が立つようになったのが、ちょうどそのころだ。今にして思えば、あれが反抗期だったのだろうが、その時期を通り過ぎても、昔の日々をそのままの形で取り戻すことは、しょせんできない相談だった。いい年をした娘が父の膝で甘えたりすれば、みっともないだけだ。子どもが大人になるというのは、そういう寂しさも一つずつ覚えていくことなのだろう。その代わり、大人たちはもっとひそやかな場所で、もっと激烈な形によって愛を表現するすべを知るのだが……。

セアラは明るい笑みを投げて父を安心させてから居間へ向かった。LJは部屋の奥にあるサイドボードの前に立って、そこに並べられたカルスロップ家の記念写真を眺めていた。戸口で二秒ほど彼の後ろ姿を見つめてから、セアラは部屋に入って静かにドアを閉めた。

LJは即座に振り向いた。

「やあ、セアラ。ずいぶんと久しぶりだねえ。こうしてまた君と会えて、実にうれしいよ」ＬＪは明るい灰色の目に屈託のない笑みを浮かべて歩み寄り、セアラが差し出した頬に軽くキスした。

「ごぶさたしております、ＬＪ」礼儀正しい笑顔を作って言いながら、セアラは相も変わらぬＬＪの若々しさに驚嘆していた。ＬＪは永久に死なないつもりらしいぞとアレックスに聞かされたことがあるが、確かに、五年前に初めて会ったときから少しも年を取っていないように見える。世間で〝老人〟と呼ばれる年齢に差しかかっているなどとはとうてい信じられない。

「事故の話を聞いて驚いたよ。さあ、座った、座った。頭の傷というやつは、何かと厄介だからな」

セアラが手近な肘かけ椅子に腰をおろすと、ＬＪはその向かいのソファーにどっかりと座って両手を膝に当てた。彼はよほど公式な席でもない限り常にラフな服装で通しているそうだが、今日もカジュアルなグレーのズボンの上はワイシャツ一枚で、そのワイシャツも赤とグレーのチェックだ。行きずりに出会った人々は、これが強大な権力と発言力を持ち、当人さえおぼろげにしかつかんでいないほどの個人資産を抱えた人物などとは夢にも思わないことだろう。そのＬＪが、おうように口を開いた。

「ついさっき退院して帰ってきたところだとか？」セアラは無言でうなずいた。「もうすっかりよいのかね？」セアラはほほ笑みながら再びうなずいた。「やれやれ、よかった。

安心したよ。君のような人を失うのは我々にとって多大な損失だからね」LJは言葉の足りないところを補うように右手の人さし指をぐいと突き出しながら言った。これもまた、セアラが以前から見覚えている彼の癖の一つだった。多くの面でLJとアレックスは双子のように似た者同士だが、明らかな相違点もいくつかはある。例えばLJはアレックスと違って生来の政治家と呼べるほど巧みな駆け引きのすべを心得ている。他人を怒らせるのも魅了するのも、まさに思いのままだ。そんな彼にとって、この人さし指は重要な小道具の一つになっている。

「ご心配をおかけしまして、申し訳ございません」この来訪の真意を早く知りたいというい ら立ちから、セアラはややそっけなく言った。

「なに、君のことは以前から気にかけていたんだ」穏やかに言ったLJは、カルスロップ夫人がコーヒーとビスケットを載せたトレイを運んできたのを見て満面の笑みを浮かべた。

「いやあ、実にありがたいですなあ。私は根っからのコーヒー党でしてね……いや、クリームは結構ですよ。砂糖も入れずにブラックでいただきます」

「私もよ」セアラは生クリームのつぼに手をかけた母を急いで制した。

「おまえにブラックコーヒーは強すぎますよ」カルスロップ夫人は眉を寄せて娘をたしなめながらも、しぶしぶ言われたとおりにしてカップを配り、再び愛想のよい笑顔に戻ってLJに話しかけた。「ぜひ、お昼を召し上がっていってくださいませな、ジョナスさん」

「そうさせていただきたいのはやまやまなんですがね、所用があって早々においとませねばならんのですよ」LJは残念そうに顔をしかめた。「これに懲りず、またの機会にお誘いいただけますかな?」

「みごとなお手並みですこと」母が頬を上気させながら名残惜しそうに部屋を出ていったあと、セアラは苦笑まじりにLJを冷やかした。「母はすっかりあなたのファンになってしまったようですわ」

いたずらの現場を見つかった少年のように、LJはにんまりと笑った。「なんとも魅力的な女性だ。君はお母さん似なんだねえ。玄関のドアを開けてもらったとき、一目でわかったよ。セアラを産んだのはこの私ですと、大きな看板をかけて歩いているようなものだ」

セアラはくすくすと笑ってからコーヒーに口をつけた。そのときだ、それまでの話とはなんの脈絡もなさそうな唐突な質問がLJの口から飛び出した。

「君は今でもアレックスを愛しているのかね?」

セアラはコーヒーにむせ、大急ぎでカップを下に置いて激しく咳《せ》き込んだ。一つ咳《せき》をするごとに怒りが増していく。五年前の初対面から数回しか顔を会わせていないというのに、LJはなんの権利があって、こんな立ち入った無作法な質問をするのだろう。

「大丈夫かね?」飛んできたLJがセアラの背中をさすりながら心配そうにたずねた。

「……もうご心配なく」ようやく口がきけるようになってから、セアラは冷ややかにつぶやいた。そしてLJがゆっくりとソファーに座り直したところで、彼の目をまっすぐに見つめて言った。「ここへはアレックスに頼まれてお越しになったんですか?」

「彼は私がここに来ていることさえ知らないよ」と、LJは即座に答えた。「仕事の話があってゆうべは彼の家に泊まったんだが、事故の話をしてくれた以外、君のことはほとんど話そうとしなかった。しかし、私としてははだねえ……」

「失礼ですが、ジョナスさん」セアラは憤然と口を挟んだ。「この問題にあなたはなんの関係も……」

「大ありだよ」LJは淡々と言った。「アレックスは私にとって息子も同然の男だ。知ってのとおり、私には子どもがいない。私の妻は子が産めない体でね、それを申し訳ながって自分から離婚を申し出たことさえある。もちろん私は頭からはねつけたよ。リーアを失う痛手を考えれば、実子のいない寂しさぐらい、いくらでも我慢できる」

セアラは思わず話につり込まれて黙り込んだ。時おり話の種になるほど仲むつまじい夫婦の間に、そんな隠れたいきさつがあったとは……。

「アレックスの話が、とんだ横道にそれてしまったね」LJは穏やかに苦笑して先を続けた。「三日前の月曜日、私の秘書がシナリオ原稿を一冊、アレックスに届けたんだが……」

「あ、あなたの秘書が?」セアラは驚いてきき返した。LJの単なる言い間違いだろうか。それとも……。

「そう。マドリーンは私の秘書として働いているんだよ、一年前から。知らなかったのかね?」LJは静かにセアラの目を見つめた。「彼女を引き取ってくれと、アレックスに頼まれたんだ。彼自身はもうマドリーンを自分の事務所に置きたくないが、仕事の面だけで見れば第一級の秘書だから、私のところで使えば必ず役に立つだろうということだった」

LJは笑いを噛《か》み殺したような顔になった。「なるほど私なら、今さら妻以外の女性に心が動くような年でもないし、なんの問題も起こらないわけだよ」

「アレックスの場合は何か問題が起こったということですか?」セアラは眉を寄せて考え込みながら言った。二人は痴話げんかの果てに仲たがいしたのだろうか。マドリーンが結婚をせっついてアレックスを怒らせてしまった? それなら、門の前で話していたときの奇妙なとげとげしさにも説明はつくが……。

「大した切れ者だよ、あのマドリーンは」恐れ入ったと言いたげな顔でLJがつぶやいた。アレックスとの関係には触れたくないのだろうか。「あれほど仕事のできる女性を単なる秘書にしておくのはもったいないから、近々、もっと責任ある役職に取り立てようと考えているんだが、ま、それはともかく……」LJはコーヒーを一口飲んでから話を続けた。

「あの日、社に戻ってきたマドリーンから、アレックスの家で君を見かけたと聞かされて、私は歓声をあげそうになった。てっきり君たちが仲直りできたものと思い込んだのだよ」

「まあ、そんなことを?」セアラは皮肉たっぷりに目を丸くしてみせた。他人に立ち入ってもらうべき問題ではないと、いくら説明したところで、LJを黙らせることはできそうもない。このうえは、しゃべりたいだけしゃべって、早く帰ってもらうのが一番の得策のようだ。

LJは再び人さし指を動かしながら大きくうなずいた。「この一年間、私はアレックスのことで気をもみどおしだった。君に去られてからというもの、彼は人が変わったように気難しくて扱いにくい男になってしまった。よさそうな仕事の話が来てもあれこれ理屈をこね回して逃げようとするし、たまに仕事をすれば俳優やスタッフに当たり散らしてばかりいるものだから、ろくな作品にならない。映画界全体のために、私はほとほと困り果てていたんだ」

「お気の毒なことだとは思いますけれど、この私にはいっさい関係のない話ですわ」セアラは冷たく言い放った。

「そう思っているのは、たぶん君だけだろうね。君と結婚してからというもの、彼の仕事には前よりいちだんと磨きがかかっていた。あの時期の作品は不朽の名作と呼ばれるに値するものばかりだよ。ところがこの一年、彼はほとんど仕事もせずに……」

セアラは唇を嚙んで椅子から立ち上がった。「私、あなたの会社とは無縁の人間でございます。私どもの離婚があなたにご迷惑をおかけすることになると伺って心苦しくは存じますけれど、だからと言って、私があなたのお気に染まない生き方をしてはならないということはないはずです」

LJはもどかしそうに片手を大きく振った。「まあ、座っておくれ。話はまだ終わっていないよ」

「これ以上何を伺っても同じことですわ」

突然、LJはソファーから大きく身を乗り出してセアラを下からにらみつけた。人間の老いを最も正直に表す喉の辺りの線が、心なしか引きつって震えているようにも見える。

「君もわからん人だねえ。アレックスは心底、君を愛しているんだぞ！」

「私を愛していたのなら、マドリーン・ベントリーを愛人にしたりはしないはずです」

LJは自分の顔から怒りの色を消そうとするように片手でごしごしと顔をこすった。

「とにかく、そこに座りたまえ。これでは話にもなにもなりはせん」セアラがその命令に従ったのは、LJの体が心配になり始めたからだ。日ごろは従順な人間ばかりを相手にしているのだろうから、あまり逆らって、脳卒中でも起こされては大変だ。LJは大きなため息をついた。「では、私の口から改めてはっきり教えてあげよう。アレックスとマドリーンとの間には、情事などただの一度もなかったのだよ」

「おや、まあ」セアラは礼儀を装うことも忘れて嘲笑《ちょうしょう》した。「私、おとぎばなしを聞いて喜ぶような年ごろはとっくに卒業していますのよ。アレックスもあなたと同じことを言いましたけれど、私、これっぽっちも信じていませんわ」

LJは哀れむような目でセアラをまじまじと見つめた。「これだから女は度しがたい。私はアレックスの言葉を疑ってみようなどと思ったことさえないよ」

「だったら、なぜマドリーンがアレックスとの情事を告白したりしたんですか？　二人がホテルの同じ部屋にいたというボーイの証言や、写真や、マドリーンの書いたラブレターを、彼女の夫はどうやって集めたんですか？」早口で問い詰めているうちに、セアラは一年前さながらの怒りに身を焼かれて小刻みに震え始めていた。

「嘘なんだ、全部」LJが怒ったように言う。

セアラは乾いた笑い声をあげた。「ベントリーさんが私に嘘をついて、どんな得になるんです？」

「いや、あの男は自分の信じた事実を君に伝えたまでだろうさ」LJは苦々しげにつぶやいた。「嘘をついたのはマドリーンだよ」

彼は再び身を乗り出し、あっけにとられて黙り込んだセアラの手をしっかりと握った。手を握る、さする、肩を抱く、たたくなども、LJが外交上しばしば用いる戦術だ。

「マドリーンがアレックスをねらっていたのは事実だが、アレックスのほうは自分がねらわれていることに気づかなかったという、たったそれだけのことなんだよ。二人がおのおの泊まった部屋は確かに連絡ドアでつながっていたし、また、確かに二人がアレックスの部屋でグラスを傾けながら仕事の疲れを癒《いや》したこともある。その部屋で、アレックスはロケ現場での撮影の反省記録や今後の計画、ロケの進行状況に関する私への報告書といったものを、毎日遅くまで秘書に口述筆記させていたんだよ。そこでなく、ホテルのバーで仕事をすればよかったのかね？ 冗談じゃない。ただし、彼は自分用に続き部屋《スイート》を確保していて、仕事場として使ったのは居間のほうだ。もちろん、部屋の配置がどうであれ、アレックスは君にやましい心など一度も持たなかったがね」

「あのラブレターのことは、どんなふうに説明していただけますの？」強い皮肉をこめた言い方に、LJは軽く眉を寄せて顔をしかめた。

「だから、さっきも言ったように、マドリーンがアレックスをねらっていたのは事実なんだよ。あの手紙を受け取って初めて、アレックスは彼女の魂胆に気づいたんだ。そして、一度は即時解雇も考えたそうだが、私が以前からマドリーンの能力に目をつけていたのを知っていたものだから、それで思い直して私のところに話を持ってきたというわけだ」

セアラはLJの手をしっかりと握り締めながら聞き入っていたことに気づいた。LJが都合のよい作り話を並べ立てたとは思えない。しかし、彼に事情を説明したアレックス自身が嘘をつかなかったという証拠はどこにもないのだし、それに、そもそも……。「少し不自然だとはお思いになりません？ この私には一言の説明もしなかったアレックスが、あなたにだけ〝真相〟を打ち明けるなんて」

ＬＪは親指でセアラの手の甲を静かにさすりながら、深く考え込んだ。「あの男は人一倍屈折した心理の持ち主だから、私にも正確なところはわからんのだが……なんの説明もしないこと自体、君の愛を再確認したいという切なる願いの表明だったのではないだろうかねえ」

「虫のよすぎる願いではありませんこと？」

ＬＪは長い間まじまじとセアラの目を見つめ、やがて、「ま、そういう見方もあるだろう」と、つぶやいた。セアラは失望をあらわにした彼の顔から目を背け、さりげなく手を振りほどいて立ち上がった。

「いろいろと親身にご心配いただきましたことには心から感謝いたします」

無念そうな顔でＬＪも立ち上がった。「今日ここへ来てみて、君がすばらしく幸福な家庭で育った娘さんだったということが、私にはよくわかったよ。それにひきかえ、アレックスがどんな子ども時代を過ごしてきたか、君は考えてやったことがあるのかね？　そんな昔のことは関係ないなどと思ってはいけないよ。はじめから大人として生まれる人間などいないのだし、人格の大部分は最初の十五年間で固まってしまうとも言われている。アレックスは自分がどういう両親の子かということさえ知らず、誰にとっても邪魔者でしかないと思い知らされながら成長したんだ。その彼が、自分の妻や子、自分の家庭というものに狂おしいほどのあこがれを抱く気持が、この私にはよく理解できるんだが」

セアラは無言で戸口に行ってLJのためにドアを開けた。LJほどの人物でも、アレックスの心の奥の奥までは知らないようだ。アレックスにとって理想の家庭とは、単に仕事の合間の一時的な息抜きの場所にすぎず、そこには彼のためだけにひたすら従順に奉仕する妻一人がいればいいのだ。しかし、ここで彼の家庭観についてLJと論じても、どうせ水かけ論にしかならないだろう。

別れ際にLJが「頼むから、私の話したことをよくよく考えておくれ」と言ったときも、セアラは無言で彼の頰にキスをしただけだった。

仮にLJの話したことが真実であり、アレックスがマドリーンと不倫の関係を結ばなかったとしても、事態は何一つ変わらないとセアラは思った。彼が潔白であったのならなおのこと、事情の説明を拒否されたことへの憤りが募るばかりだ。妻の愛を再確認したかった？　精神的には奴隷まがいの生活を四年間も強制しておいて、まだ足りなかったのだろうか。妻が夫の裏切りを他人から告げ口されて死ぬほど苦しんでいると知り、その苦しみを逆手に取って妻の心を試そうとしたのだろうか。そんな冷酷非道なことを、よくも思いつけたものだ。

ひょっとするとリーア・ジョナスなら、そういう場合にも夫の言葉を素直に受け入れ、夫への愛と忠誠を改めて誓うことができるのかもしれない。アレックスはLJを尊敬するあまり、自分の妻にもリーアとそっくりの女性像を求めたのだろうか。

苦い思いを噛み締めながらLJの車を見送ったあと、セアラはゆっくりときびすを返して台所に行った。母は流しでサラダ用の野菜を洗い、父は慣れた手つきでドレッシングを作っているところだった。戸口の足音に気づいて、二人が笑顔で振り向いた。

「ジョナスさんはお帰りになったの?」と、母がたずねる。「ゆっくりしていただけなくて、本当に残念だったわ。魅力的な紳士だわねえ」

「頭の切れる人だということは間違いないわ」セアラはそっけなく言った。

その日の午後、セアラはビキニ姿で庭に出て長々と日光浴をし、夕方になると早めに食事を済ませて自分の部屋に引きこもった。特別に体を使ったわけでもないのに疲労感が取りついているのは、LJとの会見で神経がすり減ってしまったせいらしい。その証拠に、ベッドの上で静かに目を閉じていても眠りはなかなか訪れなかった。夏至が近いこともあって日は驚くほど長く、ねぐらに帰る鳥たちの声や羽音が夜の十時ごろまで聞こえていた。ロンドン暮らしを始めた当初は遠くを通る車の音が耳について不眠症にかかったものだが、今では逆に、あの低いうねりのような音が恋しくさえ思える。聞きようによっては、あの音が潮騒《しおさい》の音にも似ているからだろうか——海辺の家の寝室に、いつも聞こえていた優しい波のつぶやきに……。

翌日、たっぷりと朝寝坊をしてから朝食を終えたセアラは、再び日光浴に出る前にロンドンの職場へ電話を入れ、改めて自分の口から事情を説明した。

「慌てて出社することはないぞ」と、ジョーズは陽気に言った。「我々の商売は脳みそが決め手だ。ぽんこつ頭で出てこられたら、かえって迷惑する」

セアラは笑いながら感謝して電話を切った。あそこに就職できたのは、実に幸運だったと言うべきだろう。あの職場にパートとして入らなければ、自分にコピーライターの素質があるなどとは永久に気づかずに終わったかもしれない。コピーライターに必要なのは素早い機転と創造力、それにユーモアのセンスだが、アレックスと暮らした四年間は、そういうものが顔を出すチャンスなど一度もなかった。

十一時半少し前にセアラは午前中の日光浴を切り上げて家の中に入った。父は今朝から平常どおりに薬局へ出かけたそうだ。母は台所でえんどう豆のさやをむいていた。

「それ、私にやらせてよ」セアラは格好の退屈しのぎを見つけた思いで母に頼み込んだ。

カルスロップ夫人は大喜びで娘と交代し、台所の壁にかかった丸い時計を見上げた。

「ねえ、セアラ、三十分ばかり出かけてきてはいけない？　この週末に村の女性会が教会で慈善バザーを開くんだけど、その準備の人手が足りなくって困っているんですって。ポンフレットの奥さんは足の骨を折ってしまったし、ジュディー・キングは赤ちゃんが風邪をひいたから手が離せないそうなの。もちろん、おまえが家にいてほしいって思うなら……」

「どうか、ご心配なく。寂しがって泣いたりしないから、安心して行っていらっしゃいよ」セアラはにっこりして言った。

「そう？　悪いわねえ。お昼までには必ず帰るわ」母は慌ただしくエプロンを外して飛び出していった。

その後ろ姿を笑顔で見送ったあと、セアラは再び豆の山と取り組みながら、思わずくすりと笑った。たまたま母に借りて着ている袖《そで》なしのチュニックが、ちょうど豆のさやと同じ色をしているのだ。ロンドンでパック入りの冷凍グリーンピースを買うたび、こういうさや入りの豆にどれほどあこがれたことだろう。この家の野菜類は、ほとんどが自家製だ。レタス、にんじん、いんげん、えんどう、トマト……みんな、母が丹精して育てている。いちごやラズベリーも家の庭から摘みたての味は格別だし、庭の外れにはりんごとチェリーの木もある。一カ月ほど前に満開の花を咲かせて家族の目を楽しませてくれたが、もうすぐ枝先から小さな実が見られることだろう。

突然、けたたましい音がセアラの楽しい夢想を打ち破った。玄関の呼び鈴の音だ。たちまち全身が冷たくこわばった。

もちろん、アレックスに決まっている。そして、もちろん、彼に会うつもりはさらさらなかった。セアラは息をするのもはばかって、アレックスが帰ってしまうことをひたすら願った。

またもや呼び鈴が鳴った――前よりも長く、さらにけたたましく。たまりかねてテーブルに手をつきながら立ち上がった拍子に、それまでぎゅっと握り締めていた豆のさやが落ちて中の豆がころころと床に転がったが、それにも気づかないほど彼女の神経は逆立っていた。

平和でのどかな台所の雰囲気が、ようやく心を少し和ませてくれたばかりなのに、なぜアレックスはそっとしておいてくれないのだろう。運悪く、母も外出してしまって……。もしかしたら、母がアレックスと相談ずくで、わざと家を留守にした？　セアラは目を閉じてうめき声を殺した。母なら、そういうこともやりかねないだろう。だとすると、ここにいることは知られてしまっているのだから、アレックスは勝手口に回ってくるかもしれない。

セアラははっと勝手口のドアに飛びついて震える手で錠をおろした。恐れたとおり、足音が早くも裏庭に回ってきている。ガラス窓から中をのぞかれないために大急ぎでカーテンを引こうとしたが、間一髪、遅かった。窓に差し込む日の光を長身の人影がふさぎ、丸く見開いた目がガラスの外から……。

次の瞬間、セアラは震えるようなため息をつきながら錠を外し、ドアを大きく開け放った。

「いったいどういうつもりなんだい？　いい年をして、隠れんぼで遊びたくなった？」からかうように言いながら、長身のピーターが軽く腰をかがめて恋人の唇にキスをした。

8

「ずいぶん口数が少ないんだね、ダーリン。傷が痛むのかい?」と、ピーターからたずねられ、セアラは急いで彼の顔に視線を戻した。あれから三十分後。二人は居間でコーヒーを飲んでいた。

「いいえ、もうそれほどは痛まなくなったのよ」彼女は良心の痛みを感じながら明るさを装って答えた。ちょうど一週間前の金曜日の夜に別れたきり、ピーターのことはほとんど……一日か二日は文字どおり完全に忘れていたのだと思うと、どうしても口が重くなってしまうのだが、まさか、それを正直に言うわけにもいかない。

ピーターが眉を寄せながらカップを下に置いた。「ひょっとして、僕が出張を切り上げて駆けつけなかったのを恨んでいるのかい? だったら謝るけれど、あの電話のとき、君のお母さんに心配無用だって言われたんだよ。ほんのかすり傷だからってね」ピーターが顔を赤らめながら弁明するのを見て、セアラは彼もまた良心の痛みを感じているらしいと気づいた。たぶん彼は恋人の身を案じる気持と、わざわざオランダまで来た以上は仕事を済ませてしまいたいという気持の板挟みになり、結局、後者のほうを選んだのだろう。

「もちろん恨んでなんかいないわ。これでよかったのよ」セアラはほほ笑みながら彼を安心させようとしたが、その笑みも声も、なんとなくぎごちないということは自分でも感じていた。案の定、ピーターはますます眉を寄せてしまった。

「だが、何か別のことで僕を恨んでいる？」

「とんでもない」恨んではいないけれど、ピーターが来てくれたことを心からは喜べないでいるのも事実だ。記憶を失って前の夫の家へ連れていかれ、同じベッドで一夜を過ごしたなどということがピーターに知れたら、彼はたちまち質問の集中砲撃を浴びせてくるに違いない。たぶん最初の質問は〝彼に抱かれたのかい？〟だろう。それに対しては即座に〝いいえ〟と答えられるが、次に、〝抱かれたいとは思った？〟と質問されたら……。

「列車が脱線したのはアシュフォードの少し手前だと言ったね？」ピーターが同情のこもる声で言った。まだ釈然としないものを感じながらも、まずは恋人の返事を額面どおりに受け取ることにしたらしい。

「ええ、さっき言ったように、日曜日にロンドンへ戻る途中の事故だったの」すでにひとおりのいきさつは話してある。「そう言えば、翌日の地元紙に事故の原因や何かが載ってたわ。母さんが戻ったら、あの日の新聞をさがしてもらうわね」

ピーターは椅子の背にもたれて目を閉じた。顔に疲労の色が濃いのは、ヒースロー空港からまっすぐに車を飛ばしてきたせいだろう。セアラはますます後ろめたさを感じた。せっかくこうして駆けつけてくれたというのに、なんだか百年も会わなかった遠い人のような気がする。この数日はまるでジグソーパズルの箱を引っくり返したような激動と混乱のうちに過ぎ去った。今はそのピースを一つずつつなぎ合わせて、なんとか元の絵を復元しようとしているところだが、このピーターだけは、その絵のどこにもはまってくれない。どうひねくり回しても、別の箱から紛れ込んできたピースのようにしか思えないのだ。

家族の思いなど無視してアムステルダムについていけばよかったと、セアラはつくづく後悔した。そうすればアレックスに再会することもなく、死んだと思ったはずの感情が息を吹き返すこともなかったのに。

「例の家へは行ってみたのかい?」と、気軽な声でたずねられ、セアラは飛び上がりそうになった。

「なぜ? 私が、あんなところへ何をしに……」

「スティーヴンソンが家を売りに出したかどうか、確かめてくると言ってたじゃないか」ピーターは驚いたようにまばたきしたが、すぐに肩をすくめて苦笑した。「そうか、それどころじゃなかったんだよな。いいさ、僕があとで見てきてあげるよ」

「いいの。売りには出てなかったわ」セアラは大急ぎで言った。声が思わず震えてしまった。

ピーターがやにわに肩を怒らして立ち上がった。「けしからん話だ。あの男は君の要求をなんだと思っているんだろう。こうなっては、僕が会いに行ってものの道理を教えてやる以外になさそうだな」

「いいのよ、ピーター」セアラはさらにうろたえながらなだめにかかった。ピーターは自分がどんな男と立ち向かおうとしているか知らないから、こういうことを気安く言えるのだ。「お願い、そんなことは絶対にやめてちょうだい」

ピーターの顔をまじまじと見上げているうちに、セアラは自分の選んだ再婚相手が何から何までアレックスと正反対の男性だということを改めて痛感した。彼は実に温厚で優しい性格だ――ひねくれた見方をすれば、無気力で精彩に欠けるとも思えるほどに。周囲の人や環境になんの苦もなく適応できる柔軟性、従順さも備えているが、情熱とか欲望、憎悪といった激しい感情だけは示すのも示されるのも大の苦手だ。ピーターの好む人生は、彼が好んで作るであろう庭を見れば一目でわかる。ビリアード台のように平らな緑の芝生、雑草をただの一本も寄せつけない整然とした花壇……。

「いや、会わなくては話にならないよ」と、ピーターが言い張った。「彼のロンドンの住所を教えてくれ。明日あたり、そこに行けば会えるのかい？」

「さあ、よくわからないわ」まだ海辺の家にいるような気はするが、昨日、ＬＪのあとを追ってロンドンへ帰ったということも考えられる。

「君はロンドンにいつ帰ってこられるんだ?」やや持て余し気味の顔つきでピーターがたずねた。

「どんなに早くても来週の水曜日以降ね。その日に病院で抜糸をしてもらうことになっているの」

ピーターはますます当惑したように眉を寄せた。「今日の君は、どこか他人行儀だなあ。頭をぶつけた拍子に人間が変わってしまったのかい?」

セアラは気のない笑い声をあげた。皮肉なことに、まさにそのとおりとしか思えない。一週間前までの自分は、どこに行ってしまったのだろう。

当惑したピーターの目に、不安そうな影が加わった。こんなにも気分の変化の激しい女性を妻に選んで、果たして正しかったのかどうかと考え込んでいるのかもしれない。セアラ自身もまた、似たようなことを考えずにいられなかった。今までピーターと会うときはなるべく感情をあらわにするのを控えたり、言葉や行動にも気をつかったりと、無意識のうちに彼の好みに合わせて振る舞ってきたような気もする。そのことに特別な違和感を覚えたことは一度もないが、一生を二人で暮らすとなると、やがては息苦しさを感じるのではないだろうか。それとも、とかく揺れ動く感情を抱えた者には、やはりピーターのように精神の安定した伴侶《はんりよ》が必要なのだろうか。

数分後に帰宅したカルスロップ夫人は、ピーターの顔を見て当然ながら非常に驚いた顔をした。しかし、それは単なる驚きの顔であり、喜びを示す表情はどこをさがしても見当たらなかった。

「おや、まあ」というのが、彼女の第一声だった。「お久しぶりね、ピーター。お元気？」元気であろうがなかろうが、どちらでもいいと言っているようにセアラの耳には聞こえた。

「ごらんのとおり元気にやっていますよ。ミセス・カルスロップ。で、あなたもお変わりなく？」ピーターは、いつものようにおっとりと受け流した。彼が両親のことをどう思っているのか、セアラにはわかりかねた。しかし、両親が彼を家族の一員として受け入れるつもりのないことだけははっきりしている。アレックスを愛しているからというだけではなく、ピーターのどこかに気に入らない点があるらしい。いったい、どこが……。

「どうしたの？　傷が痛むの？」軽く眉を寄せたセアラを見て、カルスロップ夫人がたずね、ピーターも心配そうに顔を曇らした。

「とんだ災難でしたね。今も、なんだか人が変わってしまったみたいだって話していたところなんです。こんなことなら、無理にでもオランダに引っ張っていくべきでしたよ」

セアラは母から送られてくる鋭い視線を浴びて頬が熱くなるのを感じた。記憶喪失のことや、それにまつわるもろもろの事件についてピーターにはいっさい伝えていないということを、母は敏感に悟ってしまったらしい。

ピーターは話のつぎ穂をさがすかのようにぶらぶらと窓際に行って外を眺めた。「ずいぶん静かですね。こう静かだと、かえって落ち着かないような気分になってしまいますよ、なにしろ僕は都会っ子だから」彼が陽気に笑いながら振り向いたので、セアラも無理をしてほほ笑んだが、内心は胃が痛くなるような思いだった。

「せっかく来てくださったのだから、村の中を案内してあげたら？」と、母が珍しく愛想のよい笑顔で言ったのは、村をけなされたように思って憤慨している気持の裏返しだろう。

「夏場は観光客もずいぶん多いんですの。絵にして飾っておきたいような建物もたくさんありますし、きっとお気に召しますよ」

「ぜひゆっくりと見物していきたいんですが……」ピーターは腕時計を見ながらつぶやいた。「あいにく今夜中にロンドンに戻らなくてはいけないんですよ。重要な会議を明朝に控えていましてね」

「じゃあ、せめて夕方ごろまでゆっくりしてらしてくださいな。今、急いでお昼を用意しますから」カルスロップ夫人は彼女なりに最大限の努力を払って親しみのこもった声と顔を作ったが、残念なことにその努力の様があまりにも明白に表に出ていた。

「どうやら僕は気に入られていないようだね」再び二人きりになったとき、ピーターが苦笑いしながら言った。

「あなたのことを、まだよくわかっていないからだわ」そう言って逃げるのが、セアラには精いっぱいだった。

その日の午後、ホワイトアバス教会の近くにピーターの車を止めた二人は、十二世紀に建造された古い建物の中へゆっくりと入っていき、地元出身の十字軍戦士が持ち帰った古い馬具飾りや、ワーテルローの戦いに使われたという色あせた旗じるしを見た。この旗じるしはウェリントン公の軍勢に加わってナポレオンとの戦争におもむいた地元の若殿様の記念品ということになっている。総じて言えば、ホワイトアバスは国の歴史書に名前をとどめるような人物も生まず、目を引く戦いや事件の舞台にもならなかった、いたって平和でのどかな村であり、その点でピーターの好みにも合うはずだとセアラは思った。

しかし、ホワイトアバスは別の歴史も持っている。海岸線に続く広大なロムニーマーシュは密貿易者たちにとって格好の隠れ家だった。領主の御曹司がフランス相手の戦争に出かけているときも、村人たちは対岸のフランス人たちと仲よく手を取り合って密貿易に精を出していたそうだ。海峡を越えて持ち込まれたブランデーは、こういう古い教会の裏庭や農家の納屋の奥深くに隠され、霧に煙る原野を通って国内各地へと売られていった。

「密貿易だって?」ピーターは不愉快そうに顔をしかめた。「そんな汚い商売に手を貸す連中は最低の人種だよ。金のためなら平気で人も殺すんだ」

そのとおりには違いないが、彼らの冒険談は村人のひそかな誇りとして代々言い伝えられ、いつの世にも村の子どもたちの胸をあこがれとスリルでときめかせてきた。セアラは小さなため息をつきながらピーターのあとを追い、薄暗い建物の中から明るい戸外へ出た。

ピーターは教会のステンドグラスが気に入ったらしく、まだしきりに感想を述べ立てている。

「でも、あれは十九世紀のビクトリア朝時代に作り直したものなのよ」と、セアラは説明した。「建造当時のものはクロムウェルの手下に壊されたの」

「クロムウェルか。僕が最も敬愛する人物だな」

「そうでしょうね、あなたなら」セアラ自身はクロムウェルの清教徒革命で処刑されたチャールズ一世の熱烈な支持者だった――古い教会の気品にそぐわないステンドグラスがはめられたのは、クロムウェルの所業のせいだと知って以来。

ピーターは寛大な笑みを浮かべ、「君はロマンの世界に生きる人だ」と言った。セアラの耳には〝哀れな単細胞人間だが、ま、それもしかたないさ〟と聞こえた。彼は苔《こけ》むした教会墓地の中を歩きながら、そこここにいる羊を見て再び不快感を顔に出した。「羊が墓を踏んで歩いてるじゃないか」

「でも、羊は雑草を食べてくれるわ。村では専従の墓掃除人を雇うほどの予算がないし、これで結構自然の理にかなっているのよ」

「そんなこと、本気で言っているのかい?」ピーターはあきれ果てたと言いたげな声を出した。

「ええ、もちろん本気よ。私たちは羊と持ちつ持たれつの関係でうまくやっているんだから、都会の人にあれこれ心配してもらわなくても大丈夫なの」故郷を愛し、村を愛しているセアラは憤然と言った。

墓地を通り抜けて教会の木戸から外に出ようとしたとき、銀色の乗用車が一台、矢のようなスピードで二人の前を通り過ぎていき、セアラははっと体を硬くした。銀色の車がアレックスのものと限ったわけでないことぐらいはわかっているのに、なぜか不安が突き上げてくる。さっきからピーターとつまらない口論ばかりしているせいかもしれない。こんなことはピーターと知り合って以来、初めてだ。

今日に限って、なぜピーターの言うことがいちいち神経に障るのだろう。セアラはすねた子どものように、うなだれて足もとの小石を蹴《け》りつけた。もちろんピーターのせいではない。彼は二人が知り合った当時のまま、何事につけても冷静で穏やかで、論理にも非の打ちどころがない。だからこそサラリーマンとしても出世街道を歩んでいるのだし、自分にとっても理想の夫になってくれるように思えた。そういう彼の美点の一つ一つが、なぜ、たまらなく腹立たしいものにしか感じられなくなってしまったのだろう。

ピーターが優しい笑顔で恋人を軽く抱き寄せた。セアラはますます後ろめたさを感じ、「ごめんなさいね、なんだか突っかかってばかりいて」と言いながら彼の肩に頭をもたせかけた。

「気にすることはないよ。けがのせいで、まだ本当の君に戻っていないだけなんだからね」

そう言われて初めて、セアラは大きな疑問が解けたように思った。つまり、ピーターが〝本当のセアラ〟として知っている人間のほうが自分の偽りの姿であり、今度の事故が引き金になって、まさしく本当の姿に立ち戻ったのだろう。もちろん自分が演技をしているなどという意識は一つもなく、アレックスとの破局を乗り越えて懸命に、誠実に生きてきたつもりだったのだが……。

「そんなに悲しそうな顔をするものじゃないよ」ピーターが穏やかに苦笑しながら唇を近づけてきた。

そのときだ。さっきと逆方向から走ってくる車の音が聞こえた。見ると、今度もまた銀色の車だ。偶然の一致……ではない。さっき走り去った車が戻ってきたのだ。セアラは胸が締めつけられるのを感じて大きく息を吸い込んだ。まさか！　どうか神様、お願いですから……。

走ってきた車が墓地の正面で急停止したときもセアラはまだ天に祈り続けていたが、その実、祈りが通じなかったということをとっくに悟ってもいた。運転席から優雅におり立って車のドアを勢いよく閉めた長身の人物は、やはりアレックスだった。

アレックスは黒のジーンズに黒のセーターといういたって身軽ないで立ちだった。しかし、そのジーンズが一流デザイナーの仕立てであり、セーターが純カシミアだということは明らかだ。ピーターは素朴な村にそぐわない都会人が現れたように思ったのか、悠然と道路を渡ってくる男に軽い好奇の視線を送っている。セアラは危うく彼の手を引っ張って、早く逃げましょうと促しそうになった。もちろん、そんなことをすればピーターはあっけにとられてしまうだろう。そして、なぜ逃げる必要があるのかとたずねられて返答に困ったりすれば、そばで見ているアレックスをいい気分にさせるだけだ。彼女はため息をつきながら横を向いた。

「見物かい?」と、アレックスがたずねた。セアラは不覚にもはっと彼の顔を見てしまったが、ピーターは自分が話しかけられたと思ったらしい。

「そうなんです。なかなか美しい村ですね」彼は礼儀正しい笑顔でうなずいたものの、見ず知らずの男からなれなれしく声をかけられ、内心で驚いているであろうことは間違いない。

アレックスは今初めてピーターに気がついたというように眉をつり上げ、やおらしげしげと彼の全身に観察の目を走らせた。いかにもサラリーマン風の青いスーツ、青と白の縦じまの入ったワイシャツ、きれいに整髪された金髪の頭、そして、やや小太りながらも目鼻立ちの整った顔へとアレックスの尊大な視線が移動するたび、セアラの体は熱くなったり冷たくなったりした。

「あなた、どなた?」アレックスはわざとらしく気取った声でたずねたが、ピーターが口を開くより早く、視線をいきなりセアラに転じてにやっと笑った。「そうか。君のボーイフレンドだな?」

セアラの顔はたちまち真っ赤になり、両手はぎゅっとこぶしを作った。このこぶしで目の前の高慢ちきな鼻柱をへし折ったら、どんなにせいせいすることだろう。

「今のうちにいなくなったほうが身のためよ!」セアラはすごみをきかせて脅しつけたが、その口調にぎくりとしたらしいのは、ピーターだけだった。

「おや、なぜだい?」アレックスのほうは意地悪な笑みを浮かべて挑発してきた。セアラは自分が怒れば怒るほど彼を喜ばせるだけだと思い直し、憎しみは目だけに残して無表情な顔を作った。

「紹介するわ、ピーター。これが……」

「夫ですよ、こいつの」アレックスが平然と先回りをして自己紹介した。単に姓名だけを告げて終わりにしようとしたセアラのもくろみを見抜き、わざと〝こいつ〟などという言い方をしたのだろう。

だが、ピーターもセアラの第一声を聞いたときにいちはやく相手の正体を悟ったらしい。いったんはさっと顔を赤らめたものの、今は礼儀正しい笑みを浮かべて片手を差し出していた。

「はじめまして。僕はピーター・マロリーです」

差し出された彼の手をアレックスは無関心に見おろし、そして、自分の両手をゆっくりとジーンズの後ろポケットにしまい込んだ。他人を侮辱するのに、これ以上の方法があるだろうか。ピーターはさっきよりもっと赤くなったが、挑発に乗ってはいけないと自分を戒めたと見え、さりげなく手を引っ込めて再び笑みを浮かべた。

「いいところで会えました。なるべく早いうちにお目にかかりたいと思っていたところなんですよ」

アレックスの眉が再びつり上がった。「ほう。それはまた、なんのご用で?」ピーターの耳には純粋な好奇心から出た質問と聞こえたかもしれない――もちろん、セアラはだまされなかったが。

「わかりませんか?」と、ピーターはやや尊大に問い返した。「あなたも僕も野蛮人の社会に生きているわけではないんですから、ここらで男同士、冷静に話し合って解決策を探るべきだと思うんですよ。こんなところで立ち話もなんですから、近いうちに昼食でもごいっしょしながら、ひとつじっくりと膝を交えて話し合おうじゃありませんか」

アレックスは笑いを嚙《か》み殺したような顔をセアラに向けた。「いつでもこういう話し方なのかい?」

「よけいなお世話よ!」ピーターが急に体を硬くした気配を察してセアラは相手をにらみつけたが、ピーター自身の注意は別の方角に向いていた。教会の手前で車をおりたとき、二人はドアをロックしなかった。その車に、いつの間に乗り込んだのか、腕白そうな少年が一人、ちゃっかりと運転席に座ってエンジンキーを動かそうとしている。大声をあげながら車に向かってすっ飛んでいったピーターを、アレックスは軽蔑《けいべつ》しきったような冷笑で見送った。

「あの男には何も話していないらしいな」急に振り向いたアレックスに顔をのぞき込まれ、セアラは無言で目をそらした。「我々が一年ぶりに一つベッドで寝たなんてことがわかったら、あいつはどんな顔をするのかなあ」

「寝たとは言っても、べつに……つまり……」

「セックスはしていない？」真っ赤になって絶句したセアラに代わって、アレックスが猫なで声で先を補った。「それはそのとおりだが、しかし、君とあの男とは、一つのベッドに入ろうとしたことさえないんだろう？」

「あら、そんなこと、あなたにわかるの？」セアラが負けん気に言い返すと、アレックスは不意に笑みを消して陰気にうなずいた。

「わかるとも、あの晩の君の態度を見れば」

セアラは顔から火の出る思いで黙り込む以外になかった。確かにあの夜はアレックスの情熱を求めて体が熱くほてってばかりいたし、その事実を隠したいとさえ思わなかった。

「舞い戻ってきたりしたら、今度こそ横っ面を張り飛ばしてやるぞ」大急ぎで逃げていく少年に向かって、ピーターが大声でわめいた。すると、少年はくるりと後ろを向き、怒りでおかしくなった大人をこっけいな動作でからかってから再び一目散に走り去った。かんかんになってこちらに引き返してきたピーターをちらりと見たあと、アレックスは冷たくせせら笑った。

「いとしの妻よ。君はまさか、あんな間の抜けた男と本気でつき合ってるんじゃないだろうな」

芝居がかった高い声がピーターの耳にも届かないはずはなかった。二人のところに戻ってきたピーターは、アレックスを冷たく見すえて言った。

「そういう言い方は気に入りませんな」

「実は僕も、あなたのスーツの色が気に入らないんですよ。もっとも、そんな失礼なこと、口が裂けても言えませんがね」アレックスは真っ白な歯を見せてからからと笑った。そして、人に笑われることを何よりも嫌うピーターは、彼の思惑どおり敵意をむき出しにして嚙みついていった。

「何がおかしいんだね？　僕は実に不愉快だぞ」

アレックスはこれ見よがしに目を丸くしてセアラに言った。「ユーモアのセンスさえないときては、彼にどんな取り柄があるんだ？　金勘定かい？」

「どういう目に遭うか、わかって言ってるんだろうな？」ピーターが歯ぎしりしながら挑戦すると、アレックスはますます楽しそうに微笑した。

「あなたがどういう目に遭うかということなら、もちろんよくわかっていますよ」

「帰りましょうよ」セアラはたまりかねてピーターの手を取ったが、その手を乱暴に振りほどかれた拍子に足がもつれ、危うく転びそうになった。

「僕の妻に手荒なまねをするな」アレックスが歯の間から低い声を押し出した。「セアラ、大丈夫か？　君はどこか日陰に行って座っていたほうが……」

「そんなこと言って、逃げるつもりだな？」

「すぐに相手をしてやるよ、坊や」アレックスはピーターを見向きもせずに言うと、やにわにセアラの体を抱き上げて木戸の横に続く石垣の上に座らせた。「ここなら涼しいだろう。動くんじゃないぞ」

「彼にけがをさせたら承知しないわよ！」セアラは高い石垣の上で懸命にバランスをとりながらアレックスをにらみつけた。

「あの男の顔が気に入らないんだ。少しばかり顔の造作を変えてやるよ」

「アレックス！」セアラは両足を激しくばたつかせて叫んだが、当のアレックスは悠然ときびすを返してピーターのところへ戻ってしまった。二人の会話を聞いていたピーターが、ますます怒りでおかしくなったのは無理もないことだ。彼は自分より細身のアレックスの体を見て、くみしやすいと思ったのだろう。うなるような声をあげながら猛然と突進していった。次の瞬間、骨と骨とが嚙み合うような鈍い音が聞こえたが、それは素早く身をかわしたアレックスが、ピーターの顎に鋭いパンチを命中させた音だった。ピーターが痛さにあえぐ声を聞いたセアラは、自分がパンチを浴びたような思いがした。

アレックスは苦笑まじりに自分のこぶしをさすった。「僕の手のほうも相当な被害だぞ」いきり立ったピーターが、再びむしゃぶりついていく。セアラは石垣の脇《わき》にそびえる樫《かし》の木陰にうずくまりながら、二人の男の戦いを苦い思いで見つめていた。だが、観客は彼女のほかにもいた。向かいの家の門から茶色の子猫がちょこちょこと現れ、もみ合う男たちを道路に座って熱心に見物している。そして、その家の窓にかかったカーテンがわずかに開いたのは、騒ぎを聞きつけた家人が外をのぞいて見ているからだろう。セアラはうめきながら両手で顔をふさいだ。けんか騒ぎは明日中に村を駆け巡り、さらにロムニーマーシュの村々全体へと知れ渡るに違いない。

突然、ピーターが大きく後ろによろめいて尻もちをついた。金髪を振り乱し、肩であえいでいる彼の姿を、セアラはさしたる同情の念も覚えずにしげしげと見おろした。こうなるとわかっていたから引き止めようとしたのに、ピーターは私を突き飛ばしてけんかを始めてしまった。私のために戦ったなんて言わないでね。あなたは自分のエゴを満足させるために戦ったんでしょう？　それに、なんのためであれ、なぜ腕ずくで戦わなくちゃいけないの？　男の人たちというのは、どうしてこうも愚かで野蛮なの？

アレックスは格闘でしわの寄ったセーターを引き伸ばして整え、髪を無造作になでつけてからセアラを振り向いた。さすがに彼もやや呼吸が荒くなっている。

「君は、こんな男と結婚したいのか?」ピーターに軽蔑の視線を投げながら彼はたずねた。

アレックスの顔をにらみつけている間にセアラはいくつもの返事を思いついたが、結局は「そうよ」とだけ、澄んだ声で答えた。彼の唇に漂っている満足げな笑みを消すにはそれしかないように思えたからだ。運よくねらいが的中したのを見届けてから、セアラは慎重に石垣をおりて地面に立ち、ピーターの方に足を一歩踏み出した。とにもかくにも、頰の辺りの血をハンカチでふこうと思ったのだが、二歩目の足は地面を踏まなかった。気がついたとき、彼女はレスキュー隊員に救出された負傷者のように、アレックスの大きな肩に担がれて道路を渡っていた。

ようやく気を取り直して無我夢中で暴れ始めたときは、すでに手後れだった。セアラは銀色の車の助手席に手荒く押し込まれてしまった。アレックスは何を始める気だろう。ピーターのところへは戻らず、自分も運転席に乗り込もうとしている。その意味にはっと気がついてドアを開けようとしたが、素早く伸びてきたアレックスの手に、手の甲を思いきりたたかれた。

「おとなしくしていろ!」

セアラは逆上して悪態をついた。ピーターは、ようやくよろよろと立ち上がって、この車の方を見つめながら呆然《ぼうぜん》と顎の辺りをさすっている。

「そんな言葉、どこで覚えてきたんだ？」アレックスはたしなめるように言って車をスタートさせた。

「私、あなたとなんかどこへも行かないわよ」セアラが再びドアの取っ手をつかもうとした、ちょうどそのとき、小さな男の子の乗った自転車が曲がり角から飛び出し、よろめきながら道路に出てきたピーターと正面衝突しそうになった。

「危ない男だなあ。どこに目をつけて歩いてるんだろう」アレックスは大きく舌打ちしてセアラの手首を押さえ込み、残った左手一本でハンドルを握りながら力任せにアクセルを踏みつけた。

「危ないのはあなたじゃないの。私を道連れにして死ぬ気？」セアラは金切り声で言ってシートの背に体を押しつけた。真横の家の窓で鼻をガラスに押しつけ、目を皿のようにして外を見ていた女性と視線がばったり合った次の瞬間、車は矢のように前方に飛び出した。

バックミラーを見上げたセアラの目が、道路の真ん中に突っ立って放心したように見送っているピーターをとらえた——その後ろから走ってくる別の車の姿も。無惨に轢《ひ》き殺される寸前、ピーターはかろうじて道端に飛びのいて命拾いした。

「何をしてるのか、自分でわかってるの？」セアラは完全に血の気を失った顔を運転席に向けた。「大嫌いよ、あなたなんか！　ちょっと、アレックス、聞いてるの？　大嫌いだって言ってるのよ！」

アレックスの目が助手席をちらりと見た、唇にはあのいやな微笑が再び浮かんでいる。

「僕が何をしてるかって？　もともと僕のものである女性を取り戻しただけさ」

「私はもう、あなたのものなんかじゃなくなってるのよ」セアラは激しい怒りにわなわなと体を震わせながらかすれた声を出した。「こんなことをしたって、ただの骨折り損よ。私、どんな手を使ってもあなたと離婚するわ！」

9

「あきらめの悪いやつだ！」と、アレックスが鋭い声を飛ばした。セアラはぎくりとして彼の横顔に目をやった。「追ってこようとしているんだよ、あいつが」彼はバックミラーをにらみつけて言った。

急いで後ろを振り向いたセアラは自分の目を疑いそうになって二、三度まばたきした。追ってくるのがピーターの車だということは〝あいつ〟という一言でわかっていたが、信じられないのは彼の車のスピードだった。日ごろはじれったくなるほど厳格に交通法規を守るピーターが、今はハンドルの上に体を伏せんばかりにして身を乗り出し、制限速度をはるかにオーバーした猛スピードで車を飛ばしている。初対面以来のイメージとあまりに違う新しい彼の一面を見て、セアラは苦々しく唇を噛《か》んだ。まず、アレックスに裏切られ、次にはピーターの本質をも読み損ねていたのだろうか。どうやら、そうらしい。

もしピーターが恋人の前で見せているような穏やかで礼儀正しい顔しか持っていないのだとすれば、生存競争の激しいビジネスの世界で今のような出世街道を歩いているはずがない。先刻アレックスに組みついていったときのような荒々しい闘争心は最初から彼の中に存在していたのだろう。ただし、そういう側面を彼は恋人に対してひたすら隠し続けていた。だからこそ、交際を深めて結婚を約束し合う仲にまでなったのだ。そうでなければ、彼が最初にデートを申し込んだとき、セアラは頭から拒絶していたに違いない。彼女にとってピーターの魅力は、結局のところ、アレックスと正反対の性格という、その一点に尽きるのだから。今初めて見た彼の一面には、アレックスとの共通点があまりにも多すぎるように思えた。

「追いつけるものなら追いついてみるがいいさ」アレックスはひどくうれしそうに言って不意に急ハンドルを切り、両側に高い植え込みの続く細い小道に車を乗り入れた。

「カーレースじゃないのよ。つまらないまねはやめてちょうだい!」セアラは後ろを振り向いた姿勢のままあえぎながら言った。ピーターの車も車輪の一つを宙に浮かせて小道に突っ込んでくる。二台の車の距離は徐々に縮まりつつあるようだ。

アレックスにもそれがわかったらしく、彼はさらにアクセルを踏み締めて農場の木戸の前を弾丸のように通り過ぎた。ちょうど農場から出てこようとしていたトラクターの運転手は無謀な車に肝を冷やし、こちらに向かってこぶしを振り回したあとで改めてハンドルを切って小道へ出てきた。そこへ、ピーターの車が……。セアラは大きな音をたてて息を吸い込んだが、ピーターの車のブレーキは相当に性能がよかったようだ。車は道路を飛び出し、畑の泥土の中に鼻先を突っ込んで止まった。トラクターとの距離は十センチもないだろう。

「あなた、気がどうかしてしまったの？」セアラは前に向き直ってアレックスに噛みついた。彼はまだバックミラーを見上げながらにやにやしている。

「あの車のドライバーに言ってやれよ。君のボーイフレンドだろう？　狭い田舎道であんな危険な運転をするとは、実に困ったものだ」アレックスはスピードを落として別の小道へと静かに車を乗り入れた。

「ふだんのピーターなら、あんな運転は絶対にしないわ！　あなたが挑発したから、それで……」

「あれぐらいの挑発で堪忍袋の緒を切らしてしまうようでは、修行がまだまだ足りない証拠だな」しかつめらしく言うアレックスの隣で、セアラは体が震えるのを感じた。いったん通り過ぎた教会の前へ舞い戻って車をおりたときから、アレックスはピーターをけんかに引きずり込む手立てをさめた頭で思い巡らしていたに違いない。そして、ピーターと向き合った瞬間から数えて二秒ジャストで彼の性格を読み取り、即座に作戦を立てて行動を開始したのだろう。その二秒間の観察が半年以上にわたる交際の中でセアラが知り得た——知り得たと思い込んでいたよりはるかに多くの正確な知識をアレックスの頭に吹き込んだということは、結果から見てあまりにも明白だ。わけもわからないうちに闘牛場へ連れ出された雄牛よろしく、哀れなピーターはアレックスの繰り出す赤いマントの動きに神経を痛めつけられ、ついに我を忘れて無謀な突進を始めてしまった。

「卑怯者《ひきょう》！」と、セアラはののしった。そのときだ、彼女は車が海沿いの旧道を走っていることに初めて気づき、ぎょっとして背筋を伸ばした。「私、あなたの家なんかには死んでも行かないわよ！　ホワイトアバスに連れて帰ってちょうだい。……アレックス！　私の言っていることが聞こえないの？」

アレックスは返事をする気がないと見え、はるか水平線を行く石油タンカーの蒸気を見つめながら平然と運転を続けている。今日の海は波一つない穏やかな水をたたえて静かにたゆたい、海岸では千鳥たちが例の愛らしい足取りで砂浜を歩きながら砂の中の虫をさがしている。

「ねえ、どうなのよ！」セアラは鋭い声で返事を促したが、やはり返事はなかった。

アレックスが家の玄関前で車を止めると、セアラは素早くドアを開けて転げるように車の外に飛び出し、家と逆方向の海岸へ向けて小走りにおりた。潮が引いていったばかりの砂浜には、ちぎれた海草や貝殻や流木の破片など、いつもの置き土産が点々と散らばっている。セアラは平底の夏用シューズの足跡をぬれた砂の上に残しながら黙々と歩き続けた。人間の足音に驚いた千鳥たちは慌てふためいて空へ飛び立ったが、しばらくすると少し向こうの砂浜へ舞いおりて再び虫さがしを始めた。

やがてセアラは静かに足を止め、初夏の太陽にまぶしく光る海面を一心不乱に見つめた。すぐ後ろからアレックスがついてきていることは重い足音でわかっていたが、彼が真横に来て同じように海を眺め始めたときも、セアラは気づかないふりをして微動だにしなかった。

「僕はマドリーンと浮気などしていない」と、不意にアレックスが言った。一年前とそっくり同じ頑固な口調だ。「僕が、あと五十年も同じことを言い続けていれば、そのうち君も信じてくれるだろうな」

「信じているわよ、もう」セアラは胸の前で腕組みをしながら淡々とつぶやいた。LJの話を聞いたあとでは、いやでも信じざるを得ないだろう。アレックスの顔が、はっとこちらに向く気配がした。

「信じている？」いつになく不安そうな声を聞いて、セアラは今までになかったほど正確に彼の心理を読み取ったように思った。自分の無実を妻に信じ込ませることさえできれば、こじれにこじれた夫婦間の問題も一気に氷解すると高をくくっていたのだろう。問題がこじれた原因は自分にあるということを、彼はいまだに自覚していないらしい。本質論を言うなら、完全な信頼なくして完全な愛はあり得ないのだろうから、一言の説明も加えずにひたすら信頼だけを求めたアレックスの態度は正しかったのかもしれない。しかし、生身のセアラは本質論だけで生きられるほど完全な人間ではなかった。

昨日LJが話してくれたようなことを一年前のアレックスが自分の口から聞かせてくれていたのなら、セアラは喜んで彼の話を信じたことだろう。〝マドリーンの下心がわかって僕としても不愉快千万だから、彼女に別の勤め先をさがしているところなんだ〟と言われたなら、マット・ベントリーから事前に何を聞いていようとも、夫への疑いなど即座に捨てたに違いない。だが、現実のアレックスはいっさいの説明を拒み、自分の言葉だけを信じておとなしく口をつぐんでいろと命令したのだ。

愛を証明してみせろとアレックスは迫ったが、彼自身が自分の愛を証明したことは一度もない。妻が家を飛び出していくのを止めようともせず、弁護士を介しての連絡にも頑として応じなかった。自分の奴隷であるべき妻が反抗的な態度に出たことに腹を立てていたからだ。妻に奴隷であれと求めたこと自体、彼の側には愛がないという何よりの証拠ではないだろうか。ペットの犬なら、飼い主の命令に従うだけで充分に幸せな生涯を送れるのかもしれないが……。

「あなたの無実を信じたところで、今さら何かが変わるものでもないわ」深い悲しみをこめてつぶやいたとたん、セアラは不意に両肩をわしづかみにされ、アレックスの正面に引きすえられた。

「どういう意味だ？　なんの話をしたいんだ？」

「あえて言えば……愛の話だと思うわ」

アレックスの両手に力が加わり、指先がセアラの二の腕に鋭く食い込んだ。「たった今、僕に殴り倒された男を愛しているとでも言うつもりか？　そんなたわ言、誰も信じないぞ。あいつは、しょせん君のタイプじゃない。あんな男と結婚すれば、君は郊外の団地かどこかのちっぽけな庭つき住宅で、日がな一日をテレビ相手に暮らすことになるんだ。この雄大な自然の中で生きてきた君に、そんな生活が耐えられるものか。たちまち窒息死してしまうぞ」

「幸せでさえあれば、どこに住もうと関係ないわ」セアラはアレックスの目をまっすぐに見上げて言った。彼の金褐色の目には明らかな当惑の色が浮かんでいる。彼もまた、自分が知りつくしていると思っていた女性の新しい一面を見せつけられたような思いになっているのだろう。

「あの男では君を幸せになんかできないぞ！」

「そうでしょうね」と、セアラは静かに相づちを打った。今になってみると、それがはっきりわかる。支柱に巻きついて伸びる昼顔のように、彼女はピーターを突っかい棒に利用して自分の惨めさと闘ってきたのだ。そんな意識はつゆほどもなかったとはいえ、ピーターには本当に申し訳ないことをしてしまった。二度と他人を利用せず、二度と他人に利用されず、自分自身の足で大地に根を張って生きることを今度こそ肝に銘じなくてはいけない。

アレックスの顔がわずかに和み、彼の両手は力を抜いて優しく肩をさすり始めたが、セアラの胸には真冬のような寒気が差し込むばかりだった。この人は今になっても私を操り人形にしておきたいらしい。手足の糸を引っ張るだけで、自分の作ならびに演出による人形劇を楽しめると思っているらしい。私はペットの犬でも操り人形でもなく、この世に人間として生を受けた一人の女性なのに。

「でも、あなたと暮らしても、私は幸せになんかなれないわ」

金褐色の目が放った鋭い光を静かに受け止めたとき、セアラは自分がもはや彼を少しも怖がっていないことに気づいた。なぜ怖くないのかという理由も、驚くほどはっきりとわかった。

アレックスがセアラの世界に登場したとき、彼女はまだ世間を知らず、人生を知らず、自分自身をも的確には理解できずにいる少女の域を抜けきっていなかった。そこへ、天空からアレックスという鷹《たか》が舞いおり、鋭い爪で彼女をつかまえて孤島にそびえる岩山の巣へと運んでいったのだ。その巣の中にこそ幸せがあると、セアラは心から信じ込んだ。だから、その巣から一歩でも足を踏み出すことを恐れ、アレックスという支配者を失うことを恐れ、彼を失望させること、不愉快にさせることを極度に恐れて生きていた。しかし、アレックスが誰の支配者でもなく、自分が誰の囚人でもなく、互いに独立した人格を持つ一人の人間なのだということを理解した今、セアラは過去の恐怖から完全に、永久に解放されたことを悟った。

「でたらめだ！」アレックスが歯を食いしばりながら言い捨てた。「無実の罪で僕を疑うまでは、心から幸せに暮らしていたじゃないか」

「ええ。当時の私は愚人の楽園に住んでいたの」

「わけのわからないことばかり言わないでくれ！　僕がマドリーンと浮気などしていないことは、君も信じてくれたんだろう？」

「マドリーンのことは関係ないわ」セアラは冷ややかにつぶやいた。「私が家を出た直接の原因は確かに彼女だったけれど、家を出て初めて、私はそれまでの自分の愚かさを骨身にしみて思い知ったの」

アレックスの黒い眉が一文字を結んだ。「それは……僕がほかにも浮気をしていたという意味か？」

「いいえ、そういう意味ではないわ」とだけ答えて、セアラは冷たく口をつぐんだ。説明しても、アレックスには理解できない異国の言葉にしか聞こえないだろう。

「だったら、どういう意味なんだ？　言ってくれ。説明してくれ。僕にわかるように……」セアラの顔に浮かんだ寒々とした笑みを見て、アレックスは雷に打たれたように絶句した。

「遠い昔のこだまを聞くようだわ」と、セアラは言った。「本当は何があったのか話してちょうだい、説明してちょうだいって、私、あなたに頼んだわよね、一年前のあのとき。それに対するあなたの返事はどうだった？　説明はしない。僕の言葉をそのまま受け取っておけ。これ以上の質問で僕をわずらわすな……たしか、これがあなたの返事だったわ」

海岸を見おろす旧道を走ってきた車が、突然、急ブレーキの音を響かして止まった。振り向くと、ピーターが浜辺の二人に目をやりながら車から飛びおりるところだった。

「とうとうあなたに追いついたというわけね」

「僕じゃなく、君を追いかけてきたんだろう？」

セアラは大きくかぶりを振った。「彼はあなたに傷つけられた威信を取り戻しに来たのよ」ピーターは砂を蹴《け》散らしながら走ってくる。千鳥たちは新たな侵入者に驚いて再び空へ舞い立った。「でも私、あなたたちの殴り合いなんか、もう見たくないから、なんとかなだめて連れて帰るわ」彼女がきびすを返して歩き始めようとすると、アレックスは素早く肘をつかまえて引き止めた。

「だめだ。行かないでくれ、あいつのところには」

訴えるような声を聞いて、セアラは苦い満足を嚙み締めた。じっと見おろしている金褐色の目にも、明らかな不安の影が漂っている。鋼鉄の鎧《よろい》より強固なアレックスの自信も、完全無欠ではなかったという証拠だ。ここに立っているセアラが、一年前に彼の巣を飛び出していったセアラではないということを、彼はようやく悟ったらしい。結婚生活の破局を必死で乗り越える中で、セアラは大きく成長した。奴隷のような忍従と愛とを混同していた自分の非を悟り、自らの足で立ち、自らの頭で考え始めた。自分で自分の主人になろうと決めたのだ。

「放してちょうだい、アレックス」セアラは静かに言った。単に肘を放してほしいというだけの意味でないことはアレックスにも通じたようだ。彼は血の気を失った険しい顔でセアラを見つめたあと、ゆっくりと手を放した。

凍りついたように立ちつくしているアレックスを残して、セアラは砂の上を確かな足取りで歩いていき、小走りに駆け寄ってくるピーターの前に立ちふさがった。ピーターの目にはアレックスしか映っていなかったと見え、彼は危うくセアラと衝突しそうになってから、かろうじて足を止めた。

「話はあとだ」ピーターはわずらわしそうにセアラをにらみつけて言った。「まず、あの卑怯者を片づけるほうが先なんだよ」

「時間のむだよ、ピーター。アレックスは〝負け〟という言葉を自分の辞書に載せようとしない人なの。どんな卑怯な手を使っても、必ず自分の勝ちに持っていってしまうわ」

「僕の辞書にも〝負け〟は載っていないよ」

胸を張って言い返すピーターを見て、セアラは自分が彼の闘争心をよけいにあおってしまったことを悟った。「ええ、そうでしょうね。でも、ちょっとだけ私の話を聞いてくれない？　大事な話なのよ」

「あとで聞くよ」ピーターは顎を突き出して言い、腕をつかまえようとしたセアラの手をすり抜けて足早に行ってしまった。一度だけ肩をすくめてから、セアラも再び歩き始めた。来るときに残してきた足跡が、上の道路から点々と続いている。彼女はその足跡を絶対に踏まないよう、慎重にコースを選びながら歩き続けた――前に来た道を引き返してはいけないのだと、強く自分に言い聞かせながら。

後方にピーターの怒声が聞こえた。「つかまえたぞ、腰抜けめ！　今、貴様にたっぷりと教訓……」

ピーターの声はそこでふっつりととぎれた。アレックスが返事をした気配もない。その代わり、激しく組み討ちをしているような足音が入り乱れ、数秒後、大きな水しぶきの音があがった。セアラは一度も振り向くことなく砂の上だけを見つめて歩き続けた。そして、道路に上がるとまっすぐにピーターの車のところへ行って助手席に乗り込んだ。

数秒後にアレックスも道路に戻ってきたが、彼はセアラのいる方角に目もくれず、自分の車に飛び乗るとタイヤをきしませながら猛スピードで走り去った。そのあとで初めて、セアラは顔をゆっくりと砂浜に向けた。全身ずぶぬれのピーターが、おぼつかない足取りでこちらに向かっているところだった。

距離が離れているので顔の表情までは読み取れないが、彼の背負わされた屈辱感と憤怒の大きさは、一足ごとの動作全体が語っている。去ったばかりのアレックスの服には一滴の水もついていないように見えたし、髪の毛も特に乱れてはいなかった。するとピーターは柔道の投げ技か何かをかけられたのかもしれない。

道路に上がってきたピーターが車の運転席に乗り込む間、セアラは控えめに目を伏せて静かに待っていた。ブルーの背広は上下ともすっかり型が崩れてしまい、靴の中にも海水がたまっているのか、彼が運転台のペダルに足を載せると、靴は奇妙な音をたてた。ピーターは無言で車をスタートさせ、ホワイトアバスのカルスロップ家に着くまで、ついに一言も口をきかなかった。

「すっかり着替えたほうがいいわね」車をおりながら、セアラはあえてさりげない声で言った。「出張帰りだから、着替えの服はあるんでしょ?」

ピーターは返事をせず、無言でトランクを開けてスーツケースを引っ張り出した。そして、一足ごとに小さな水たまりを作りながら、玄関へ向かった。

くすりと笑いそうになり、セアラは急いで唇を引き締めた。気の毒なピーターを笑うとはもってのほかだ。アレックスとの最初の出会いのときに傷ついた彼の威信が、二度目の遭遇で根こそぎ粉砕されてしまったことは明らかだ。〝だから私が忠告したでしょう?〟などとは、口が裂けても言ってはならない。

ドアを開けに来た母は口をあんぐりと開けたうえ「どうしたの? ひどい格好ねえ」と、

ピーターの傷心に痛烈な追い討ちをかけるようなことを言った。

「海に落ちたのよ」セアラは横から急いで口を出した。「ピーターに浴室を使わせてあげてもいいでしょ？　早く着替えたほうがいいと思うの」

「そりゃそうだわ」と、カルスロップ夫人は笑いながら言ったが、ピーターの表情に気づくと慌てて笑みを消して早口で言った。「とんだ災難でしたねえ。着替えの服はお持ち？　それなら一安心ですわ。どうぞ二階をお使いくださいな。階段を上がって右側のいちばん手前のドアが浴室ですよ」

金髪からなおも海水をしたたらせながらピーターは階段を一段ずつのぼっていった。ぬれたズボンが足に張りついて、ひどく歩きづらそうだ。一足ごとに、靴が例の奇妙な音をたてる。

彼の姿が階段の上に消えるやいなや、セアラは両手で口を押さえながら台所に飛び込んで忍び笑いに体を震わせた。続いて台所に入ってドアを閉めたカルスロップ夫人が好奇心をむき出しにしてたずねた。

「いったい全体、何が起こったの？」

セアラは笑いすぎてしゃっくりをしながらささやいた。「アレックスに出会ったのよ、私たち」

カルスロップ夫人は急いで椅子に座って身を乗り出した。「で、何が起こったの？」

「見ればわかるでしょ？　アレックスがピーターを海に投げ込んだのよ」

「やっぱりねえ。そんなことだと思ったわ」

セアラは再び口を押さえて笑い転げたが、不意に大きな吐息をついて真顔になった。

「ピーターの気持を考えたら、笑っている場合じゃないわよね。彼は少しも悪くないのに、アレックスが最初からわざとけんかを売ってきたんだもの。ピーターも相手にならずに退散してしまえばよかったんだけど、ついむきになってけんかを買ったものだから……」

「私がその場にいさえしたらねえ」ひどく残念そうに言う母を見て、セアラは不機嫌に顔をしかめた。

「けんかになるのを止めてくれたとでも言うつもり？　嘘《うそ》ばっかり！　母さんがピーターを嫌ってることぐらい、ちゃんとわかっているのよ」

「彼のことを嫌いだなんて言った覚えはないわよ。おまえが家に連れてくるたびに、私はこれでも精いっぱい愛想よくしてきたつもりだわ」

「私が小学生のとき、友だちの家から雑種の子犬をもらってきたときのこと、覚えてる？」セアラはとがった声で言った。「翌日には友だちのところへ返しに行かされたから、あの犬が家にいたのは一晩きりだけど、蚤《のみ》がいるかもしれないからって、母さんは犬を納屋に閉じ込めてしまって、家の中へは一歩も入れてくれなかったわ。母さんの目にはピーターもあの犬と同じに映ってるんでしょ？　〝どこから拾ってきたのか知らないけど、さっさと元の場所に返しておいで〟って私に言いたくて、うずうずしてるんでしょ？　そうに決まってるわ！」

「そんな大声で言わなくたって、ちゃんと聞こえていますよ」母は怒りに頰を染めて抗議した。「おまえは近ごろ、本当に扱いにくくなってしまったわ。アレックスのところを飛び出すまでは、誰よりも素直で、かわいい子だったのに」

セアラは一瞬、凶暴なまでの怒りに喉をふさがれた。その怒りをどうにかねじ伏せたあと、彼女は冷たい笑みとともに、言った。「今日は、いろんなことを思い出す日だわ。私の結婚式の日に、母さんは言ってくれたわよね？〝これからもずっと、おまえは母さんの大事なかわいい女の子でいてね〟って、優しくキスしながら言ってくれたわ。そうなのよ。母さんにとってもアレックスにとっても、私は永久に〝かわいい素直な女の子〟でなくてはいけなかったのよ。ままごとの料理やお掃除ごっこをしたり、お嫁さんごっこをしたり、母さんのために赤ちゃんごっこをしたりして、機嫌よく遊んでいなくてはいけなかったんでしょう？　でも本当の私は〝女の子〟でもないし、ままごと遊びをする気もないの。私は大人の女性なのよ。誰のペットでもなく、自分で自分の人生を生きている一人の人間なのよ。いつになったら、私を本当の私として見てくれるの？」

カルスロップ夫人はあっけにとられたように口を開けてまじまじと娘を見つめた。今のところは返す言葉もなさそうだった。セアラのほうもつけ加えるべき言葉を思いつかなかなかったので、静かにきびすを返して台所を立ち去った。

二十分後、上から下までこざっぱりと着替えたピーターが階段をおりてきた。つぶれた威信の替えも持ってきていたと見え、先刻とは別人のように自信ありげな足取りだった。

「話したいことがあるの。居間に来ていただける？」セアラは静かに言った。「シェリーでも飲みながら話しましょうよ」

ピーターは無言でうなずいて居間に入り、自分の葬儀に列席したような陰気な顔でソファーに腰をおろした。セアラは父の秘蔵の極上シェリーを彼のためになみなみとついで渡し、小さなグラスに自分用のもついで別のソファーに席を占めた。

「話というのはね、ピーター。私、本当に申し訳ないんだけれど……」

「その先は聞かなくてもいい」ピーターが鋭い声を飛ばした。「それがわからないほど僕は間抜けじゃないし、これでも数学は得意なほうなんだ」

セアラは小さなため息をついた。「私は不得意だったわ。でも、あなたを好きだったことは絶対に嘘じゃないのよ。あなたとなら、幸せな家庭をきずけると心から思っていたんだけれど……」

「しかし、やっぱり元の亭主のところに戻ることにしたんだろう？　わかっているとも！」

セアラは静かにかぶりを振った。「そうじゃなく、今はまだ独身のままでいるべきだということに気づいたの。あなたの優しさにすがりついたのは、前の結婚に破れた反動でしかなかったと悟ったのよ」

「お褒めにあずかって恐縮だ」ピーターはグラスを傾けてシェリーを一気に半分ほどもあおった。「君の愛を信じたりした僕が悪かったのさ。今日ここに来たときから、どうも妙だとは思っていたよ」

「そうでしょうね。本当に……」

「ごめんなさいという言葉だけはやめてくれ、頼むから!」ピーターは怒りに頬を引きつらせた。「いくらきれい事を並べても、いずれ君があの男のところへ戻るということははっきりしているよ。よせばいいのにというのが僕の感想だな」彼は残りのシェリーも一気に飲み干して立ち上がった。「さて、長居をする理由もないから、僕はこれで帰るよ。お母さんにはあいさつせずに失礼するが、君からもよろしく言っておいてくれたまえ」

　何を言ってもますますピーターの気持を傷つけそうに思えたので、セアラも無言で彼のあとに続いて玄関ホールに出た。

「洗濯物用のポリ袋を一枚、浴室から拝借してしまったよ」ドアを開けながら、思い出したようにピーターが言った。「ぬれた服を持って帰るのに使ったんだが、お母さんに断らなくても平気だろうか」

「もちろんよ」セアラは感情を殺して静かに答えた。本当は心から申し訳なく思っていることをどうにか伝えたいのだが……。「あの背広、また着られるようになるといいわね」苦し紛れに、ふと思いついて言ったとたん、彼女は舌を噛み切りたくなった。今日の屈辱を思い出させるものは、服も下着も靴も、早めに捨ててしまおうとピーターは考えているに違いない。それといっしょに、たぶん私にまつわる思い出も、きれいさっぱり捨てていくつもりなんでしょうね。そうよ、それが一番だわ。

ピーターは軽く肩をすくめて振り向いた。「じゃあ、失敬するよ、セアラ。君が後悔しないことを心から祈っている」車に向かおうとする彼の口もとに一瞬、かすかな笑みが漂った。最後の捨て台詞《ぜりふ》で、どうにか一本取り返したように思って満足しているのだろう。それで彼の自尊心が少しでも回復するのなら、大いに結構なことだとセアラは思った。

「ピーターは行ってしまったの？」玄関ホールに引き返してきた娘をつかまえてカルスロップ夫人がたずねた。

「そんなにうれしそうな顔をしないでよ。彼を追い出して喜ぶなんて、あんまりだわ！」

「ピーターのお相手をして送り出したのはおまえでしょう。私じゃないわ」と、母は実にもっともなことを言った。「でも、こうなったのが残念だなんて、心にもないことを言うつもりはないわよ。あの人がおまえに向かないことは事実なんだから」

セアラは無言で回れ右をして階段をのぼっていった。残念ながら、母の言ったとおりだ。アレックスとの破局がなかったとしたら、ピーターに目を向けることなど絶対になかったに違いない。まだやり直しのきくうちに自分の過ちを悟ったことが、せめてもの救いだ。

その夜、父と母はいつになく口数が少なく、ピーターの名もアレックスの名も、一度も口の端にのぼらせなかった。夕食後、お気に入りのテレビ番組を見たがっている母に代わって、セアラは一人で台所の片づけを引き受け、それが終わると両親に「おやすみなさい」を言って早々と二階に引き上げた。そして早くも十時には枕《まくら》もとの明かりを消し、事件の多すぎた一日に疲れ果てて深い眠りに落ちた。

セアラの目を覚まさせたのは、おいしそうなコーヒーの香りだった。眠い目をこじ開けてみると、窓のカーテンはすっかり開いて、まぶしい光が部屋中に差し込んでいる。その光の中に、こちらへ向けてコーヒーカップを差し出すアレックスの顔があった。

びっくり箱のふたを開けられた人形のように、セアラは文字どおり飛び上がってベッドの上に体を起こした。すんでのところでアレックスの手からカップをたたき落としてしまうところだった。

「私の部屋で何をしてるのよ！」何時間も前に起きたらしいさわやかなアレックスの顔を見ているうちに、たちまち頭痛が始まった。彼と対等に立ち向かうにはありとあらゆる気力が必要なのに、よりによって寝起きを襲われるとは……。「出ていって！」と叫びながら、セアラは投げつけるものはないかと左右に目を配った。すると、アレックスは素早くカップを横のテーブルに置き、ベッドの上に手をついてセアラの両脇《わき》からマットレスを押さえつけた。

彼の吐息がかかりそうになり、セアラは慌てて体を引いて背中を枕に押しつけた。「出ていってって言ったでしょう? 母さん! 母さん!」どうしてアレックスを二階に上げたりしたのだろう。娘の気持など、母にはどうでもいいのだろうか。

「お母さんは出かけたよ」アレックスが穏やかに言った。「ミルクを切らしたから買いに行くと言って」

ミルクが切れたということなどセアラはつゆほども信じなかったが、今、この家の中に自分とアレックスしかいないということだけは信じざるを得なかった。しかも、相手はオープンシャツと灰色のズボンといういで立ち。こちらは胸の深く切れ込んだ薄手のネグリジェ一枚だ。こんなことなら、ぶ厚いネルのパジャマでも着て寝ればよかった。そうすれば、こんなふうにアレックスに見つめられても、胸がこれほど苦しくならずにすんだかもしれない。

「どうしても私と話がしたいなら、私が服を着る間だけ外に出ててちょうだい」

「僕が部屋を出たら、すぐさまドアをロックするから、だろう?」と、アレックスは無慈悲にからかった。「その手は食わないよ。僕はこのままここにいて、君にとっくりと話を聞いてもらうつもりだ」

「聞きたくないわ、あなたの話なんか、一言も!」

アレックスの顔から見る見る血の気が引き、目の中心の真っ黒な瞳孔《どうこう》が異様な光を放った。

「出ていってちょうだい」セアラは小さな声で懸命にささやいた。アレックスなどもう怖くはないと思っていたが、今の彼の顔には恐怖を呼び起こす何かがある。不安と動悸《どうき》で、しだいに息が苦しくなってきた。

「無理だよ、セアラ」アレックスがしわがれた声を出した。「わかるだろう？　君と別れて暮らす生活は、もう耐えられないんだよ」

セアラは目を固く閉じて枕に背中を押しつけた。「触らないで！」アレックスがベッドに上がり込んでくる気配を察して、セアラは目を閉じたまま悲鳴をあげた。

「だったら、せめて話を聞くだけでも聞いてくれ」大きく息をついてアレックスが言った。「それぐらいなら我慢できるだろう？」

セアラはぶるっと身震いをしたあと、ゆっくりと目を開けた。「いいわ。私に何を聞かせたいの？」何を聞いても今さら何かが変わるとも思えないが、とにかく聞くだけは聞こう――それでアレックスの束縛から永久に解放されるのなら。

アレックスはベッドの上で座り直し、テーブルのカップを取って差し出した。「冷めてしまうよ」

まず、ベッドの上がけで胸の辺りを押さえてから、セアラはこわごわと体を起こしてカップを受け取った。一口、二口と飲んでいるうちに、濃いコーヒーの味と香りで多少は頭がはっきりしてきた。

「僕の子ども時代の話は、まだ君に聞かせていなかったと思うんだが?」セアラの横顔を食い入るように見つめながら、アレックスが静かに言った。

セアラははっと顔を上げた。「もちろんよ、わかっているくせに」いくらきき出そうとしても、しかられるばかりで一言も話してはもらえなかった。他人には聞かせたくない暗い過去も含めて、愛する人のすべてを知り、喜びも苦しみも共有したいと思うのは、人間として当然の心情ではないだろうか。そう思えばこそ、私はアレックスに何一つ包み隠さずに話した――もっとも、彼を知るまでの十九年間に、他人に聞かせられないような暗い思い出など一つもなかったことも事実だが。

「話せなかったんだ」と、アレックスは怒ったような声で言った。「今だって、話さずにすむものならこのまま逃げて帰りたいぐらいだよ。しかし、そうもいくまい。僕が児童養護施設で育ったということだけは話しただろう?」

「ええ」セアラは今や一心にアレックスの顔を見つめて話の続きを待ち受けていた。

「母は僕を産むとすぐに亡くなったということも話したはずだが、身寄りが一人もいないと言ったのは嘘《うそ》で、母の両親は健在だったんだ――少なくとも十数年前までは。母は地元の名士でもあった弁護士の一人娘として育ち、ある男と恋をして僕を身ごもった。ただし、その男が誰なのか、母はいくら責め立てられても口を割らなかったそうだよ。母は外聞を恐れた両親の手で遠い田舎に追いやられ、僕を出産した翌日に息を引き取った。そして祖父母は僕を家には連れて戻らず、そのまま児童養護施設に入れたんだよ。たとえ実の娘が産んだ子であれ、婚外子を自分たちの孫と認める気はさらさらなかったから」

セアラは話し手の邪魔になることを恐れて、息をするのもはばかりながら聞き入っていた。アレックスの顔は鈍い土け色に変わっていた。

「施設の生活が実際にどういうものかは、自分で体験した者でない限りわからないだろうな。僕のいた施設は、よそに比べればましな部類だったが、それでも食べものは常に冷たく、孤児同士の弱い者いじめも横行した。自分だけの持ち物は何一つなかった。部屋も服も学用品も、時間もだ。起床から就寝まで、すべてベルの合図と号令で動く世界だった。友だちができても、ある者は親類に、ある者は里親に引き取られて僕の前から去っていった。町へ散歩に連れ出されたとき、僕たちは同じ年ごろの子が両親と歩いている姿をむさぼるように見つめたものさ。上等の服や靴なんかは少しもうらやましくなかった。彼らの目――なんの屈託もない明るい目が、死ぬほどうらやましかった」

セアラのコーヒーカップがソーサーの上でかたかたと音をたてた。アレックスは彼女の震える手から静かにカップと皿を抜き取り、横のテーブルに戻してから再び話を続けた。

「さっきも言ったように、設備や待遇は決して悲惨ではなかったし、むしろ孤児としては恵まれた環境だったのかもしれない。しかし、どんなに設備が整い、広い庭に芝生やブランコがあっても、しょせんは高い塀にぐるりを囲まれた灰色の世界でしかない。物心ついたときから、僕は塀の外の世界に飛び出すことばかり考えていたよ。十二歳になって間もなく、ついに僕は真夜中の事務室に鍵《かぎ》を壊して忍び込んだ」はっと息をのんだセアラに、彼は寒々とした笑みを投げた。「いや、盗みは働かなかった。僕は情報が欲しかっただけさ。自分の素性については、父も母もともに亡くなり、身寄りは一人もいないということしか教えられていなかったが、僕はもっと詳しいことを一つでも知りたかった。それなら誰かにたずねて教えてもらえばよさそうなものだが、あのときの僕にそういう知恵は働かなかったのさ。さがし当てたカードを見て初めて、僕は自分の祖父母が健在だということを知ったんだ――ついでに、自分が婚外子だということまで」

「じゃあ、そのときまでは何も?」セアラがかすれた声でたずねると、アレックスは軽く肩をすくめた。

「施設側としては、教えないほうが当人のためだと配慮してくれていたんだろうな」アレックスの唇に、再び冷たい笑いが漂った。「その気持を、ありがたくくみ取っておけばよかったんだよ。ところが僕は、とんでもない考えに取りつかれてしまった。祖父母が必死に僕の行方をさがしているのに、邪悪な院長が故意に知らせずにいるんだと思ったんだ」

セアラの目に大粒の涙があふれた。いちずに思い詰めた十二歳の少年の気持は痛いほどによくわかる。彼女はそっとアレックスの手を握り締めた。その手の冷たさが、痛々しく肌にしみた。

「その翌日、僕は施設から脱走した。書類に書いてあった住所を頼りに、祖父母の家を訪ねたんだが、そのときの二人の顔は今でも目に焼きついているよ。二人とも、恐怖のあまり危うく気絶しそうになっていた。僕は即座に警察に引き渡されて施設に連れ戻された。みんなは祖父母よりずっと温かく僕を迎えてくれたが、規則を破った以上、罰は受けるべきだということで、僕は庭掃除を命じられた。ちょうど十月のことだ。落ち葉の降り積もる広い庭は、掃いても掃いても……」アレックスは一瞬、苦々しく唇を噛《か》んだ。「以来、秋だけはどうにも好きになれないよ。それから三、四年の間に、僕は何回か里子に出されたが、そのたびに脱走して施設に連れ戻されたし、その施設からも何度となく脱走した。今にして思えば、ずいぶん扱いづらい少年だったんだろうな。最後に脱走したときは施設側もさして熱心にはさがさなかったようだ。僕は仕事を見つけて、二度と施設に戻らなかった。それが僕の少年時代との別れであり、また、メッセンジャーボーイとして住みついた町が、たまたま映画会社の立ち並ぶウォルドー街だったということが、僕の新しい人生との出会いになったという次第だ」

長い沈黙のあとに、セアラはおずおずと口を開いた。「今まで話してくれなかったのは……お父さんのことを私に知られたくなかったから?」

アレックスは唇の端をゆがめて苦笑した。「それもあるが、もともとは、子ども時代の思い出から逃げようとしている僕の弱さのせいだろうな。今でも僕は、秋になって赤や黄色に色づいた木の葉を見ると、全身に鳥肌が立って、どこかへ逃げ出したくなる。なぜかと問われても答えようがないんだが、とにかくそうなってしまうんだ。以前の映画で、どうしても秋の森のシーンが必要になったときなどは死ぬ思いをしたものさ。何日も眠れず、撮影現場でも冷や汗と吐き気に悩まされどおしだった。完成した映画を見た批評家たちは、そのシーンこそ最高の名場面だったと口をそろえて褒めてくれたが、実を言うと、僕は見ていないんだ。そのシーンが来ると、必ず目をつぶってしまうものだから」

その映画はセアラも見たし、そのシーンから受けた感動もはっきりと心に残っていたが、なぜあんなにも寂しく、むなしく、悲痛な思いが胸に迫ったのかは、今初めてわかったことだった。あの美しい画面には、監督自身の心の陰影がフィルターのようにぴったりと張りついていたのだ。

「施設の外で暮らすようになって何よりも感激したのは、自分の部屋の自分だけのベッドで寝られたことだよ」握り合った二人の手を見おろしながら、アレックスが話を続けた。「それと、ベルに縛られない自由な生活だ。それから十数年、僕は存分に自由を謳歌《おうか》して暮らしていた」

「ええ、知っているわ」独身時代のアレックスと噂《うわさ》になった女性たちの名前が頭をちらりとよぎった。

それを読み取ったかのように、アレックスはセアラの目を見つめてほほ笑んだ。「君に会うまで、僕は自分が女性に心を動かされることなどあり得ないとうぬぼれていた。せっかく手に入れた自由を手放す気はつゆほどもなかったから、結婚など考えたこともなかった。そんな僕の前に突然、君が現れたんだよ。あの日のこと、覚えているかい？」彼は思い出にふけるような目をした。「真っ白なデニムの上下を着て、こちこちに緊張した君からインタビューの申し込みを受けたとき、僕は危うく〝このままお帰り〟と言いそうになったものだ。なぜかって？　君に一目ぼれしてしまったからだよ。君は十四歳ぐらいにしか見えなかったから、僕のような老いぼれの相手をさせては気の毒だと……」

セアラは思わず吹き出した。「おばかさんねえ」

「そのぐらい君は若々しく、清らかだったんだよ」と、アレックスは真顔で言った。「最初の緊張がほぐれると、君は実に伸びやかな明るい気性を見せてくれた。僕はうらやましくなったよ。うまく説明できないんだが、咲きかけの花のような幸福な自信とでも言うのかな。君が家族の愛に包まれて育った人だということは、話を聞く前からわかった。しかも、甘やかされた子にありがちな、わがままなところはみじんもない。僕はますます君に魅せられる一方で、僕の内面を君に知られるのが怖くなってしまった。僕の育った灰色の醜く冷たい世界を見たら、君が逃げ出すんじゃないかと思ったんだよ。逃げられたくなかった。君に愛してもらいたかった。もし君の愛を手に入れることができたなら、この僕も……こんなことを言うと気がふれたと思われるだろうが、僕自身の過去を君と同じ幸せな色に塗り直せるかもしれないなどと、考えてしまったんだ」

セアラはこみ上げてきた熱いものをのみ込んだ。「ええ、よくわかるわ。少しもおかしな考えじゃないわ」

アレックスはセアラの手を持ち上げ、目を固く閉じながら唇を押し当てた。「昨日、君にこっぴどくやり込められて初めて、僕は自分の過ちに気づかされた。僕の灰色の世界に君を触れさせまいと警戒するあまり、隠してはならない大切なもの——君になら命をささげても惜しくないと思っている僕の本心まで隠していたことに気づいたんだよ」

「もう一つだけ教えてちょうだい」アレックスの顔に暗い影を落とした苦悩の色を見つめながら、セアラは静かに言った。「どうして子どもを欲しがらなかったの？　子どもがいてこそ、少年時代のあなたの夢だった本当の家庭がきずけるんじゃないの？」

アレックスは痛々しいほどに顔を紅潮させながらゆっくりと目を開けた。「誰であれ、君と僕との間に別の人間を入り込ませたくなかった――こう言っただけでは、まだ自分を飾っていることになるだろうな。すべてさらけ出してしまうと、僕は君の世界の中心から外へ押し出されるのが怖かったんだ。君の愛情を一身に受けた幸せそうで無邪気な子どもの目を見て、少年時代のあの思いを再び味わうのが耐えられなかったんだよ」

「アレックス……」セアラは涙に声を詰まらせてアレックスの胸に顔を押しつけた。「どうして今まで黙っていたの？　私が家を飛び出したとき、すぐに追ってきて今の話を聞かせてくれていたら……」

アレックスはセアラの体を静かに抱き寄せ、小さな子を寝かしつけるときのように優しく体を揺らした。子どものように扱われること――まさにそれが妻としての不満の種だったが、アレックスは逆に、妻を永久に子どものままにしておきたいと切望していたのだろう。愛する者同士の心がそんなことから離れ離れになっていったとは……。

「愚かな僕の自尊心のなせる業だよ」アレックスはセアラの髪に頬ずりしながら言った。

「僕の思いをさらけ出すのは、君に弱みを見せることになると思った。君は僕を弱みなど持たない強い男と見ていたし、僕もそう見られていたかった。それに、最初のうちは君が本気で離婚を考えているなどとは信じていなかったんだよ。僕の無実を素直に信じてくれない君に腹を立ててもいた。まったく、あのマドリーンにはほとほと手を焼かされて……」昨日LJが聞かせてくれたとおりの一部始終をアレックスが語る間、セアラは彼の胸に頭をもたせかけて静かに聞き入った。「……そして、彼女に対して興味などいっさい持っていないことをはっきりと教えてやったとたん、彼女はあの手この手でいやがらせを始めたんだよ。僕は堪忍袋の緒を切らして、彼女をLJに引き取ってもらった。その話がついて、せいせいした気持で家に帰ったのが、あの日だよ。ベントリーが君に会いに来た日だ」

「もしかすると、マドリーンにけしかけられたのかもしれないわね」セアラは考え込みながら言った。

「彼女なら、やりかねないな。LJの話によると、今は某政治家の妻の座をねらっているらしくて、その政治家の家庭は目下、大揺れだそうだ」

「でも、あのときには事情を一言も説明せずに、私に無実を信じさせようとしたでしょう?」セアラは静かに言った。「そのわけも、今ではわかったわ。何があろうとも、私が無条件であなたを信頼し愛しているという証拠が欲しかったのね」

あのときの状況に適した合理的な考え方だったとは言えないが、理屈に合わないことこそれ自体が、当時のアレックスの切実な思いの表れでもあったのだろう。母親が我が子にささげるような絶対不変の確かな愛を、彼は必死に求めていたのだ。それがわからなかった自分をセアラは今、心から悔いた。しかし、半面、一年前の彼女にそこまで深い洞察力を要求するのが無理だったことも事実だ。それを求めたアレックス自身が、妻の心の成長を望んでいなかったのだから、いつまでも初対面のままの幼く清らかな女性であってほしいと願い、そして片方で、思慮深い大人の妻を求める——なんという悲しくも矛盾に満ちた心だったのだろう。

今になって考えれば、過去を語るまいとしたアレックスの態度は正しかったような気もする。この一年間の孤独と苦悩によって人間的に大きく成長する以前の、例えば五年前の初対面のころに話を聞いていたとしたら、同情こそすれ、なんとなくおじけづいて彼から遠ざかっていったかもしれない。そうさせないために、アレックスは二人のための架空の楽園を作り上げたのだ。

「君の弁護士から離婚の手続きのための書面を受け取ったときも、僕はまだ高をくくっていた」と、アレックスが再びしゃべりだした。「君に直接会うことができさえすれば、離婚話などたちまち立ち消えにさせる自信があったんだが、案に相違して、君は絶対に僕の前に出てこようとしなかった」彼は眉を寄せながら目を伏せた。「君が再婚するかもしれないとご両親から聞かされたときのショックはひどかったよ。愚かな自信など、根こそぎ吹っ飛んでしまった。しかし、それでもまだ僕は見栄にしがみつこうとした。君の前で地面にひれ伏して謝りたいと思いながら、どうしてもその勇気を持てない自分をのろっていたところへ、病院から君の事故の知らせが入ったんだ。君が僕の胸に飛び込んでくるのを見たとたん、直感的にわかったよ——君の記憶に何か異変が生じて離婚の件を忘れてしまったことを」

「そこで、その機にすかさず便乗したのね?」無表情につぶやいたセアラを、アレックスは苦しげな後悔の目で見つめた。

「破廉恥きわまる行為だったことは承知しているよ。しかし、それが最後のチャンスのように思えたんだ。せめて一日でも二日でも前のように二人で暮らして君の本心を確かめたかったんだよ。一年の別居生活で君がどんなふうに変わろうとも、この僕以外の男を本気で愛しているということだけは、どうしても信じられなかった。……違うのかい? 本気で彼を愛していた?」穏やかで冷静な声の中に本心をかすかにのぞかせた不安の響きを感じ取り、セアラはピーターへの申し訳なさもこめて静かにかぶりを振った。

「いいえ、愛してはいなかったわ。彼を愛していると思い込んでいた時期があったのは事実だけれど、残念ながら、悲しい錯覚だったわ」彼女はアレックスの額に落ちかかった黒髪を、そっと上になで上げた。「彼が行ってしまったことを、母があなたに告げ口したんでしょ?」

「うん。昨日の夜、電話をもらった」遠慮がちに答えたアレックスは、セアラが腹立たしげに顔をしかめたのを見て早口で言葉を添えた。「お母さんのことを悪く思ったりしないでおくれ。君を愛していればこそ、君が怒るのを承知のうえで電話をかけてくださったんだからな。君は昨日、お母さんに何か言ったんだって？　僕はお母さんに、頼むから君を大人の女性として見てやってくれと言われたよ。そうしなかったことが最大の問題であり、それに比べればマドリーンの一件など小さな問題だとも」

「まあ……」セアラは母の深い愛情に初めて触れた思いだった。「そのとおりよ。私はあなたにとって無邪気な子どもでしかなかったから、あなたの過去のことも何一つ教えてもらえなかったのよね？」

「そんな過ちは二度と犯さないと約束するよ」

「私の両親は、あなたの生い立ちや何かも全部知っているの？」セアラは思わず嫉妬《しっと》に駆られてたずねたが、アレックスはきっぱりとかぶりを振った。

「ＬＪにだけ、ごく一部を打ち明けたきりだ。ＬＪこそ、僕にとっては父親のような存在だからね」

セアラは静かにほほ笑んだ。「ＬＪもあなたを実の息子のように思っているそうよ。彼が私に会いに来てくれたって、知ってた？」

アレックスは不意討ちに遭ったように目を丸くした。「ＬＪが？　いつ来たんだ？　君に何をしゃべった？」セアラが語る話を、彼はじっと聞き終えた。「おせっかいにもほどがある。僕はマドリーンの件の真相を自分の口から君に説明したかったのに」彼はさらに強く眉を寄せた。「それで昨日、君はもう僕の無実を信じていると言ったのかい？」

「ええ。そして、その問題はもう関係ないとも言ったの。問題は、あなた自身だったんですもの」

「で、今はどうなんだ？」アレックスは固唾《かたず》をのむような顔でセアラの目をのぞき込み、彼女が口を開くより早く、しわがれた声の早口で言葉を加えた。「愛しているよ、セアラ。僕のところへ戻っておくれ。どこでも、君の好きなところに住んで二人の人生をやり直そう。ロンドンで暮らしたいなら……」

「住む場所なんか、問題じゃないわ。めったにロンドンへ連れていってもらえないのを寂しがっていたのは、都会の生活にあこがれていたからじゃないの。あなたの人生の最も重要な部分から締め出されているように思ったからだわ」

「僕の人生の最も重要な部分は、ダーリン、君だよ。君だけだよ、セアラ」

「……この私が？」真実でありますようにと祈りながら、セアラは情熱の渦巻く金褐色の目をひたむきに見上げた。紅潮したアレックスの頬の辺りがかすかに震え、口からもどかしげなうめき声があがった。

「そうだよ。知らなかったのかい？　確かに、以前の僕は仕事の中だけに生きていた。今でももちろん映画の制作を愛してはいるが、君を知ってからというもの、仕事は僕にとっての第一位の座を君に明け渡しているんだよ」彼はたまりかねたように薄いネグリジェに縁取られたセアラのうなじに顔をうずめて柔らかな素肌を熱く狂おしいキスでむさぼった。

目のくらむような欲望に身を焼かれ、セアラは小刻みに震え始めた。夫婦として暮らした四年間、架空の楽園を壊すことを恐れたアレックスはベッドの中でも常に妻の幼さを配慮して自分にブレーキをかけることを忘れなかった。それに漠然とした不満を感じながらも、あえて自分から積極的な働きかけをするほどの勇気や知識を彼女は持ち合わせていなかった。しかし今、精神的に完全な大人の女性として成長したセアラは、誰に教えられるまでもなく、自分が何を欲しているか、何をすればいいかを本能的に悟ることができた。彼女はアレックスのうなじに両手を巻きつけたままベッドの上にあお向けになり、そして、もどかしさに震える手でオープンシャツの胸ボタンを外し始めた。そのシャツの下で突然、駆け足で打ち始めた心臓の鼓動が手に伝わってきた。

「愛してるわ」とつぶやきながら、セアラは自分から夫の唇にキスをした。「だから、愛してちょうだい……あなたの好きなように」

「セアラ……」二人の体が激しくぶつかり、その衝撃でセアラの歯が小さな音をたてた。

「ダーリン、もうだめだ。気がどうにかなりそうだよ」うわずった声で言いながら、アレックスはセアラの顔を見おろした。彼がそこに見たのは、幼さの殻を完全に脱ぎ捨てた、一人の成熟した女性の顔だった。「愛しているよ、ダーリン」

「愛しているわ」

その言葉をうわ言のように繰り返しながら、二人は熱い波の中へと溶け込んでいった。一年の眠りから目覚めた欲望は果てるところを知らず、情熱は尽きるところを知らなかった。甘く狂おしく激しい歓喜の中で二人は時間を忘れ、いっさいの考えを忘れ、ただひたすら互いの愛を確かめ合い、ついに楽園の入口を見つけてその中を突き進んだ――もはや架空ではない、二人だけの真実の楽園の絶頂をめざして。

しばらくして、二人は疲れ果てた体をベッドに横たえて静かに寄り添っていた。濃密な歓喜の余韻と深い満足感が二人のまぶたを重くしていた。突然、階下のドアが騒々しい音をたてて開閉し、気ぜわしげな足音が玄関から台所へ入っていった。セアラは汗にぬれた重い手足を動かして軽く伸びをした。

「母が帰ってきたんだわ。そろそろ起きて服を着たほうがよさそうね」

アレックスの手がセアラの素肌を優しくさすり始めた。「起きなくちゃいけないのかなあ」

「ええ、残念だけど」セアラはほほ笑みながら言い、甘いいたずらをしそうになった夫の手をたたいて懲らしめた。

アレックスは不服そうなうなり声をあげながらも起き上がってベッドを飛びおり、床の上に投げ捨ててあった自分の服を拾い集めた。

「もう一度ハネムーンをする必要がありそうだな」彼はシャツのボタンをかけながらつぶやき、夫の動作をベッドの上から楽しそうに見ているセアラを脅すようににらみつけた。「そんなふうに見つめるのをやめないと、また服を脱いでそこへ行くぞ」

セアラは腕を頭の後ろで組んで、のんびりと片膝を立てた。「どうぞ。でも、母が階段を上がってきても、私は知らないわよ。ところで、ハネムーンはどこへ行くの？」

「離島の別荘に心当たりがあるんだ。そこなら人も訪ねてこないし、一日中でもベッドにいられるよ」

「一日中？　退屈しないかしら」

「僕は退屈しないし、君にも絶対に退屈などさせないよ」と、アレックスは力強く請け合った。「とにかく、最低数日は二人だけでじっくりと話し合って今後のことを決めなきゃいけないだろう？」

「今後のこと？」セアラは首をかしげて考え込んだ。

「そうさ。どこに住むか、君が今の仕事を続けたいのかどうか、家族計画はいつから始めるか……」甘いけだるさの代わりに真剣な光がセアラの緑色の目に浮かんだのを見て、アレックスは口をつぐんだ。

「まだ早いわ、アレックス」と、セアラは優しく言った。「赤ちゃんは欲しいけれど、でも、それはあなたの心の準備も整って、子どもの誕生を二人そろって心から喜べるようになってからでいいわ。それに私自身も、当分は今の仕事を続けたいの。あなたが長期の海外ロケに行っている間、あなたのことばかり恋しがってめそめそと暮らしていたくはないのよ。考えれば考えるほど、結婚って難しいものだと思うわ。二人で力を合わせながら一つずつ努力を積み重ねていって初めて、あこがれや夢の世界じゃない本物の結婚生活をきずくことができるんだと思うの。そのためにもまずじっくりとお互いを見つめ合いましょうよ」その結果、場合によってはアレックスが終生、子どもを欲しがらないだろうということがわかってしまうかもしれないが、二人で納得行くまで話し合った結論なら、それもしかたのないことだろう。人の親になるかならないかといった重要な問題を彼に強制することはしたくないし、してはならないことだ。

アレックスがベッドの上に身を乗り出し、妻の顔を大きな両手で優しく包んだ。「愛しているよ、セアラ」

万感の思いのこもったかすれ声を聞いて、セアラは胸を熱くしながら花のように顔をほころばした。

「私もよ、アレックス。お互いにそのことさえ忘れなければ、きっと大丈夫だわ、今度こそ」

●本書は、1987年3月に小社より刊行された作品を文庫化したものです。

愛の空白
2022年10月1日発行　第1刷

著　者　シャーロット・ラム

訳　者　大沢　晶（おおさわ　あきら）

発行人　鈴木幸辰

発行所　株式会社ハーパーコリンズ・ジャパン
東京都千代田区大手町1-5-1
03-6269-2883（営業）
0570-008091（読者サービス係）

印刷・製本　中央精版印刷株式会社

 ISBN978-4-596-74880-5